L'ENVOL DU FAUCON VERT

Amid LARTANE

L'ENVOL DU FAUCON VERT

SUITES
Éditions Métailié
5, rue de Savoie, 75006 Paris
www.editions-metailie.com
2007

ISBN : 978-2-86424-606-0
ISSN : 1281-5667

Alger, mars 1998. Prudent, le préposé de la Sécurité militaire nota dans son rapport que la réunion "d'ordre privé" qui s'était déroulée au domicile du général à la retraite Lamine Boutramine avait été "régulièrement sécurisée". Comme d'habitude, dix agents chargés de la protection des personnalités avaient été mobilisés dans quatre véhicules pour assurer une couverture générale du site. Aucun mouvement suspect n'avait été observé. Aucun barbu en gandoura n'avait eu l'idée saugrenue de venir dire les louanges du Seigneur dans les parages. À la retraite et sans fonctions officielles, l'omnipotent général avait ostensiblement pris du champ, il gérait son affaire de boulangerie industrielle. Fonctions officielles ou non, Lamine Boutramine continuait de tirer les ficelles du régime.

Des individus imberbes que les Services considèrent, par prudence, par principe et jusqu'à preuve avérée du contraire, comme des barbus déguisés, passèrent sans éveiller l'attention. Les voitures stationnées avec des hommes en costume sombre et à la mine peu engageante les incitaient plutôt à presser le pas.

Une ronde de police avait eu l'outrecuidance de demander leurs papiers à deux agents du dispositif postés au nord de la villa. "La situation a rapidement été clarifiée", précisait le rapport. Les connaisseurs apprécièrent l'humour de la concision. Les pauvres flics, en tenue ou en civil – le rapport présentait la faille de ne pas le préciser –, avaient dû subir un chapelet de commentaires fielleux sur leur ascendance douteuse, leur descendance de tarés et le fait indubitable qu'ils risquaient leur vertu s'ils ne remballaient pas fissa…

L'autorité ne s'use que si on ne la fait pas respecter. La Sécurité militaire – la SM pour tout un chacun en Algérie –, qui avait une haute idée d'elle-même et se considérait comme le tuteur général de la populace, ne se privait pas de l'exercer en toute occasion. Des transfuges expliquèrent plus tard que tous les agents n'étaient pas des rustres, mais que cette attitude faisait partie des orientations générales sur la manière d'agir avec les autres forces de Sécurité. Beaucoup d'agents le faisaient dans les limites de la correction, mais certains aimaient en rajouter. Cela allait parfois jusqu'à la brutalité gratuite, au plaisir pervers d'humilier. Les transfuges s'abstenaient toutefois de tout commentaire trop précis sur le sujet – ils n'aimaient pas trop évoquer l'époque où certains d'entre eux pratiquaient avec délice cet usage du pouvoir. Les policiers, eux, se rattrapaient sur l'habitant sans grade ni uniforme.

L'auteur du rapport avait multiplié volontairement les détails, comme pour en compenser le vide. Le généralissime n'était pas nommément cité, le rapport le désignait sous son nom de code, "Le Lion", pseudonyme dont l'avait affublé la Sécurité militaire. Lamine Boutramine connaissait cette appellation... contrôlée. Dans la communauté SM, on pensait qu'il l'avait choisie lui-même. Certaines intelligences du Service, qui avaient miraculeusement conservé une capacité à penser de manière autonome, avaient trouvé ce nom de code plutôt grandiloquent, d'autres pensèrent qu'il était inconsciemment révélateur. Le Lion, cela évoque la jungle... Mais ils prirent bien garde de le dire, le général aurait pu en prendre ombrage – bien qu'ils fussent plutôt enclins à penser qu'il en serait flatté. Le préposé au rapport consigna scrupuleusement que la soirée s'était terminée à 23h13.

Après le départ des invités, le dispositif de sécurité avait été allégé. Seuls deux agents qui se défonçaient à la cigarette améliorée restèrent sur place. Ils contemplaient avec une fixité douloureuse le grand portail vert et les hauts murs surmontés de caméras de surveillance.

La maison de Si Lamine le Lion n'avait pas vraiment besoin de surveillance, elle était plus inaccessible que les coffres de la Banque centrale nationale. Ils demeurèrent cependant sur les lieux pour la nuit, car ils savaient que le Lion surveillait la surveillance. Faire le pied de grue devant la maison d'un responsable est la corvée la plus ennuyeuse du service. Elle est la plus risquée aussi. Rien à voir avec les moments de délicieuses jouissances qu'offre la profession, spécialement lors des missions de contrôle des élites. À 23h20, ils virent le Lion sur un des balcons loucher dans leur direction. Instinctivement, ils se redressèrent sur leurs sièges, un garde-à-vous en position assise. L'un des hommes alluma une nouvelle cigarette, non par envie, mais juste pour signaler qu'ils étaient sur le qui-vive.

– Putain de travail, ne put s'empêcher de lâcher un des agents. Le juron était proféré entre les dents, à voix basse, comme si son auteur craignait que, du haut du balcon, le Lion qui contemplait la baie d'Alger avec la satisfaction du propriétaire ne l'entende…

1

Alger vue des hauteurs est un spectacle émouvant pour les romantiques et pour les poètes. Pour les spéculateurs de l'immobilier également. Cette ville qui descend à flanc de collines pour se jeter dans le bleu de la mer a conservé, malgré le passage du temps et de la rapine, le charme subversif des rebelles.

On peut s'y morfondre, ne savoir qu'y faire : capitale déchue, elle n'offre ni promenades ni loisirs. On peut douter même de son statut de ville avec son centre réduit à deux grandes avenues, ses bars miteux où on vient se défoncer, pleurer cette chienne de vie, la saloperie du destin, et défendre, bière au poing, l'existence de Dieu et de Mohamed son ultime Prophète. On peut être heurté par la transformation insidieuse de ses habitants, qui ont tous l'air d'être à deux doigts de l'explosion, prêts à s'entre-tuer.

À Alger, c'est connu, aux premières secondes d'une prise de bec, l'un des protagonistes d'une bagarre a déjà proféré à sept reprises, dans des hurlements à s'exploser les jugulaires : "Je vais t'égorger, toi et ton bon Dieu !" Le second aura égorgé lui aussi, durant le même laps de temps, sept fois le "bon Dieu de sa mère" de l'autre.

Et, accessoirement, ceux qui veulent arranger les choses et calmer les esprits ne se privent pas, en séparant virilement les deux zigues aveuglés par la colère, d'en rajouter en proclamations blasphématoires associées au couteau sacrificiel. Le tout sous le regard de barbus horrifiés devant ce festival de bondieuseries à rebours, mais qui, conscients d'avoir perdu la partie pour longtemps, se contentent de murmures désapprobateurs ou d'une prière muette appelant un cataclysme définitif qui emportera tout ce monde, les bons, les méchants et le reste.

On peut être choqué par ces chauffards qui conduisent leurs voitures comme des armes et abreuvent de jurons salaces les "caves" qui croient au code de la route en particulier et aux lois en général. Il faut dire que cette catégorie de naïfs ayant la foi dans la loi s'est considérablement rétrécie et que la plupart des piétons veillent à rester vivants et indemnes sans se soucier du respect des règles, considérant les voitures assassines comme une fatalité aussi naturelle qu'un séisme ou une inondation.

On peut être aussi imprégné d'un halo de tristesse en contemplant ces jeunes filles qui portent le voile comme une armure, mais aussi pour contenir un élan vital dans les limites rassurantes d'une enveloppe de tissu. Dans les rues, les jeunes filles ont toujours l'air d'avoir une destination, de savoir avec précision où elles se dirigent – tout le contraire des garçons qui déambulent nonchalamment en bombant le torse, crachant leur ennui dans des commentaires peu amènes sur les formes féminines.

La ville est aussi submergée par les ordures, les déchets de toute nature jonchent le sol. La saleté est partout, envahissante, elle déploie ses miasmes dans toutes les rues, transformées avec indifférence en dépotoirs généralisés. C'est la seule chose, avant le téléphone portable, qui se soit vraiment démocratisée. Même les quartiers d'apparence huppée ont réclamé et obtenu leur dû de saleté. Les Algérois sont pourtant des gens propres, l'intérieur des maisons et des appartements est parfaitement tenu. Mais ils ont décidé ensemble, par un accord tacite qui a résisté à toutes les épreuves, de salir la rue du *beylik* – l'État oppresseur de la période ottomane. Mais à cette lointaine époque, il existait un vrai service de voirie…

Même le citoyen le plus blasé, le plus hermétique à la douleur d'autrui, est révulsé, la nuit venue, à la vue d'une cohorte de femmes bannies du domicile conjugal, venues s'installer, avec marmaille, balluchons et cartons, sous les arcades, à l'arrière du Palais censé abriter la justice. Dans l'obscurité, la ville livre sans retenue le sordide qu'elle voile pudiquement le jour. Le square Port-Saïd, en plein jour, c'est la vraie Bourse du pays : la valeur de la monnaie locale s'ajuste à celle des devises étrangères, sans que les courtiers n'accordent la moindre attention au cours fixé par la Banque centrale nationale.

Port-Saïd, très tôt le matin, c'est le marché aux esclaves. Celui des Sud-Sahariens qui vendent, pas cher, leur force de travail à des constructeurs de villas-bunkers, de bâtisses de quatre étages – dont le rez-de-chaussée sert invariablement de magasin –, de grands garages en sous-sol destinés à entreposer et distribuer la camelote et la bimbeloterie de tout l'univers. C'est ainsi que des villes anarchiques, que l'esprit le plus déviant n'aurait pu imaginer, se sont édifiées en un rien de temps sur des terres fertiles, grâce à la sueur de cette force de travail noire, corvéable à merci et payée au lance-pierre. Des cubes de ciment nu hérissé de ferraille à perte de vue, au milieu de cloaques ou de nuages de poussière selon les caprices du temps. Aucune route ne mène à ces zones grises, où les transactions se règlent par l'échange de la main à la main de sacs de plastique noirs bourrés de dinars dévalués ou d'euros.

C'est dans ces métastases suburbaines que l'État et les barbus armés ont conclu dès le début de la guerre une trêve qui a résisté à toutes les épreuves, où les négociations commerciales se ponctuent parfois de coups de feu sans distinction d'origine. C'est toujours sans conséquence grave, le bazar continue de fonctionner, loin des regards du fisc ; les travailleurs d'Algérie et les Africains en transhumance poursuivent l'extension de villes sans queue ni tête, érigées dans la foi du dinar et de l'entourloupe.

Architecture confuse et urbanisme flou, semblable aux rêves que les Africains d'au-delà du désert ont en commun avec leurs frères en désespoir autochtones : rejoindre un jour les pays blancs ; rêves piégés en capitale barbaresque où l'on végète pendant des années, où l'on meurt parfois, avant de s'en retourner bredouille vers la misère originelle.

Le quartier Port-Saïd, la nuit, offre une vision de la géhenne, les drames futiles d'âmes mortes, des filles perdues subissant l'emprise de macs insatiables et impitoyables qui vendent dans des rues borgnes des bonheurs malades, sexuellement transmissibles. De riches homos honteux en maraude dans de belles voitures en quête d'un gamin pour la nuit. Des gamins, déjà accros au shit, aux cachets et à la colle Patex, qui négocient la nuit ou la passe. Des jeunes qui surveillent le port afin de trouver le moment propice pour se faufiler dans la nuit et sauter dans un navire en partance pour le Nord. Des femmes récemment répudiées qui découvrent, dans une indicible terreur, les lois de la jungle urbaine. Elles devront vite rengainer les restes d'une dignité qu'elles pensaient pouvoir préserver, apprendre les codes de la nuit, découvrir que les territoires sont occupés et qu'elles doivent impérativement, si elles tiennent encore à la vie, se trouver des protecteurs. Certaines ne résistent pas et choisissent une rampe face à une mer sereine et font en silence l'ultime plongeon. D'autres se résignent, vaincues par la nécessité. Ni Dieu ni douar, seule règne la peur du mac.

Il n'est pas rare de rencontrer dans ces cloaques des cinglés aux gestes incohérents en train de haranguer un public de fantômes, citant Victor Hugo et proférant des insanités très cohérentes sur le pouvoir, les traîtres et les salauds. Seul le silence de la nuit leur fait écho, tandis que la ville, consciente de sa déchéance et de l'incurie de ses maîtres de l'heure, se cadenasse derrière ses méchantes portes blindées et ses hideuses grilles de fer forgé.

Mais Alger vue des hauteurs se disculpe par son élégance. Elle se réconcilie avec la mer au lieu de lui tourner le dos. Elle se réinvente des histoires de marins, chébecs sous le vent, elle résonne des polyphonies andalouses qui ont bercé ses nuits embaumées de jasmin.

Parfois, fatiguée d'être si maltraitée par des sous-janissaires qui ne connaissent pas son infinie délicatesse, elle semble implorer le retour salvateur de son saint patron, le Ouali Dada. Celui dont les invocations ont provoqué la tempête qui ruina l'expédition de Charles Quint en 1541. Quelques coups de bâton du saint homme avaient suffi à déchaîner les flots contre les navires de l'expédition chrétienne. Ah, Ouali Dada, si tu pouvais revenir et nous faire don d'une tempête qui emporterait tout et nous permettrait de tout recomposer, de vider la ville de sa léthargie, de sa soumission !

Alger a tout de même de beaux restes. Sous le soleil qui surgit triomphalement après les orages, souvent brefs et violents, elle se défend de la laideur qui s'est installée dans ses entrailles. Elle réveille la beauté dans les cœurs et les esprits. Elle conforte les amours. Elle est la muse de la joie de vivre, la douceur de ses lignes incite à la paix, à l'harmonie, à la musique. Alger vue des hauteurs est un chant de volupté, une princesse au corps élancé, danseuse assoupie et jeteuse de charmes.

Lamine Boutramine, le Lion de la ménagerie SM, lui, n'aimait pas Alger. Du haut de son balcon qui dominait la ville et la baie, il l'observait avec mépris – et lui qui feignait en toutes circonstances une attitude policée, presque obséquieuse, n'hésitait pas à expulser ses crachouillis le plus loin possible en direction de la ville, comme l'aurait fait un vieil amateur de tabac à chiquer. Lui qui venait d'Oued Qlil, bourg poussiéreux d'une steppe monocorde livrée au vent et à l'alfa, n'aimait pas les contrastes du bleu marin avec les bouffées vertes d'une végétation coiffant les collines, ni la lumière vive, cette lumière d'Afrique adoucie par la mer ancienne. Il n'aimait surtout pas ses habitants, ceux qui se prétendent algérois et qui ont conservé cette manie ancestrale de se moquer de tout avec l'exubérance des Méditerranéens.

Cette ville, il l'avait soumise, mais elle ne se résignait pas à l'admettre ; elle le défiait en bruissant de rumeurs sur son compte. Nul n'osait, dans les salons où l'on complote ou dans les rédactions locales où l'on papote, se permettre le moindre commentaire sur sa personne, son pouvoir ou son influence. Mais la ville se moquait bien de tous ces ronds de jambe, elle jasait, elle racontait, elle cancanait. Elle inventait. Elle donnait libre cours à son imagination, elle croyait dur comme fer que la vérité en cette contrée opaque ne se découvre jamais mais s'invente toujours. Elle le désignait, lui, le sultan du moment, comme le maître architecte de la laideur qui l'accable. Elle le condamnait sans rémission, sans tenir compte du fait qu'il était artiste émérite dans l'art de ne laisser aucune preuve derrière lui, de ne commettre aucun écrit dont il serait comptable un jour.

"Des envieux, des jaloux!" C'est ce qu'il s'était dit en attendant ses invités. La veille, il était encore au bled, à Oued Qlil, loin des vanités de la capitale. Cela faisait plusieurs mois qu'il ne s'y était pas rendu. Ah! Retrouver enfin des paysages aimés et des gens simples, sans intention perfide. *Ses* gens. Il s'était rendu sur la tombe de son père, un petit *bachagha* du temps de la France. Il était resté debout, pensif, devant le marbre sous lequel reposait le paternel dans le carré familial de la zaouïa Qadoussiya – l'une de ces confréries maraboutiques pratiquant un islam initiatique et considérées par nombre d'Algériens comme des sectes obscurantistes.

Dans le silence du cimetière vide sécurisé par ses gardes du corps, il avait ressenti une profonde exaltation. Il s'était souvenu de son père, obligé de subir les sarcasmes de l'administrateur colonial qui se moquait de son français approximatif et de son accent prononcé. Il en eut un petit rictus féroce. Regardant avec fierté la tombe, il avait dit à voix haute, avec une rage contenue: "Voila, père, tu es vengé!" On aurait dit que l'administrateur colonial s'était réincarné, dans l'esprit de Boutramine, dans ces Algérois intenables qui lui déplaisaient tant.

Ce qu'il aimait à Alger, c'était sa maison. Il aimait recevoir des gens sélectionnés avec soin, en particulier les correspondants des journaux étrangers émoustillés à l'idée de pénétrer le Saint des Saints. Il aimait ordonner sans en avoir l'air. Il aimait le cérémonial de l'obséquiosité et des marques d'allégeance qui se déroulait dans son palais. Ses obligés, il les attendait de pied ferme.

2

Sa maison, les mauvais plaisants d'Alger la surnomment les Quat'zhectares, comme la prison d'El-Harrach. Quand son protégé, le général-major Lahnèche, le grand chef de la Sécurité militaire, lui rapporta la chose, il ne goûta guère la plaisanterie. C'est avec un grand sérieux qu'il rétorqua qu'"Alger" se trompait : une telle confusion ne pouvait provenir que d'esprits retors et mal informés. Sa résidence était d'une superficie de cinq hectares et trois ares très précisément. Elle servait autrefois de maison de campagne aux deys et les gouverneurs français d'Algérie y prenaient leurs quartiers d'été. Le séjour de ces augustes personnages historiques ayant anobli les lieux, l'insulte des Quat'zhectares n'était imputable qu'au mauvais goût proverbial de la chienlit d'Alger.

L'occupant des lieux était si outré que le chef de la Sécurité militaire regretta de lui avoir rapporté la plaisanterie. L'inventeur anonyme de la boutade – que Lamine Boutramine persistait à désigner sous le nom générique d'"Alger" – aurait en effet volontiers convenu, s'il avait été invité à visiter les lieux, que la comparaison n'était guère de mise entre la maison spacieuse, entourée de vastes jardins entretenus chaque jour par dix hommes de servitude, et l'exiguïté et la promiscuité immonde qui règnent aux vrais Quat'zhectares. Le parc est un dédale d'allées arborées, de parterres fleuris parsemés de plantes rares. Certaines espèces ont été déracinées du somptueux Jardin d'essais, le Jardin des plantes d'Alger, situé au pied du musée des Beaux-Arts ; le maître des lieux estime cependant les avoir sauvées des mains destructrices de la plèbe d'Alger. Au hasard d'un ensemble impeccablement entretenu par les jardiniers, des bustes de Marc-Aurèle contemplent avec sévérité un aréopage hétéroclite de statues puniques. Les vestiges de ces civilisations antiques ne sont-ils pas plus appropriés en ce lieu, plutôt qu'au Jardin d'essais – tout juste bon à abriter des amours furtives et clandestines – ou au musée qu'"Alger" ne fréquente d'ailleurs jamais ?

Un entrepreneur canadien avait été chargé de réaliser dans la villa de surprenants travaux collatéraux à un contrat public. Une rivière descendant en cascades régulières y a été aménagée. Il faut être fin connaisseur pour identifier d'emblée l'allusion grandiose aux grandes eaux et aux royaux jardins du palais de Versailles. Le Canadien, peut-être pressé de s'extirper de Barbarie, n'avait pas scrupuleusement respecté les dures rigueurs de la géométrie versaillaise. Mais comme le propriétaire n'y avait vu que du feu, l'entrepreneur empocha les bénéfices et s'estima sauf, se jurant de ne revenir qu'après avoir reçu des garanties politiques plus solides.

Dans l'immense salon où Si Lamine reçoit ses invités, le design le plus avant-gardiste télescope des séjours mauresques et des meubles Louis XVIII ; de vieux coffres berbères raflés dans les sièges des anciennes *igamies* cohabitent avec des meubles aux dorures clinquantes ; des fauteuils de styles disparates sont installés dans les différents coins, face aux fenêtres ouvrant sur l'immense jardin. À défaut d'être harmonieux, c'est imposant.

Un haut responsable d'une banque publique, amené de basse nuit par des coursiers silencieux pour s'expliquer sur les lenteurs dans le traitement d'une affaire de crédit, affirme que, malgré son indicible terreur, il avait été surtout horrifié par l'ampleur du mauvais goût... Depuis, il a mis un continent et un océan de distance entre lui et Boutramine. Et il jure encore, sur la tête de sa mère, que ce n'est pas la frayeur d'un enlèvement nocturne mené avec la brutalité d'un commando qui l'a poussé à prendre le large.

Il s'en est expliqué plus tard dans un mail adressé à un ami qui lui reprochait d'avoir abandonné trop facilement la partie. "J'aurais supporté la dictature, n'étant pas moi-même particulièrement porté sur la démocratie. J'aurais supporté le cynisme, ne croyant pas qu'on puisse gouverner un pays aussi improbable que le nôtre sans en avoir une sacrée dose. Mais le mauvais goût au pouvoir, ce déploiement d'opulence clinquante, cela m'a été insupportable. Tant d'intelligence se prosternant avec empressement devant cette incarnation parfaite du parvenu ! Les voies de la conscience étant impénétrables, la mienne s'est réveillée dans le quart d'heure stupide passé une nuit d'hiver dans un salon délirant, réalisé selon toute probabilité par un décorateur égyptien paranoïaque qui a dû poursuivre des études titubantes au pays du Danube de la pensée. Je n'oublierai jamais, dans le fin fond de ce nouveau pays qui me sert de refuge et de patrie et où j'écoute le cœur déchiré des chants chaâbi, je n'oublierai jamais ces lustres libano-vénitiens, ces toiles pourpres et marronnasses qu'un peintre orientaliste incertain, dont la seule originalité a été une douteuse conversion à l'Islam, avait sans doute commis dans un pur moment d'égarement."

Depuis ce quart d'heure de terreur relaté par ce financier, des présents venus d'amis, de princes et de rois ont enrichi la demeure du propriétaire. Et contrairement aux réserves du banquier déserteur, cette demeure-là a suscité bien des envies dans le sérail. Même le général-président, qui avait conclu dans ces lieux le contrat non écrit l'ayant mené aux cimes, n'a pas réussi à réprimer sa jalousie. Un jour, alors qu'il expédiait avec Boutramine des affaires urgentes, il avait confié d'un ton badin : "Ta demeure est si belle qu'elle devrait être nationalisée." La main sur le cœur, Si Lamine avait répondu à brûle-pourpoint que si cela servait les intérêts de la Nation, il serait prêt à l'abandonner pour rien et à l'offrir à l'État.

Mais il y avait dans son ton un côté doucereux qui glaça son interlocuteur, lequel opéra une retraite immédiate en déclarant que l'État, malgré les années perdues du fait de son absence, ne manquait pas de ressources. "Ce qui lui manque, c'est une soixantaine d'hommes comme toi, Si Lamine." Il sourit en se rappelant la scène et soupira d'aise. Ses invités allaient arriver. Son *chaouch*, habillé à la marocaine, s'était placé devant la porte pour les accueillir.

Moumen Terfous, comme convenu, arriva cinq minutes avant les autres convives. Kada le *chaouch* l'accueillit en silence. D'un léger mouvement de la tête, il lui indiqua que Si Lamine était en haut. Ce dernier laissait à Terfous le soin d'accueillir les autres invités et, comme à l'habitude, il attendrait une bonne demi-heure avant de les rejoindre au salon.

Moumen Terfous adorait cette demi-heure. Pendant que les invités louchaient discrètement vers l'escalier monumental, appréhendant l'entrée en scène du maître des lieux, il jouait au propriétaire de substitution. Accueillir et être le maître de cérémonie des réceptions de Si Lamine flattait son amour-propre et augmentait indéniablement son capital de pouvoir. Une bonne partie du personnel de la haute administration, n'ayant pas le privilège de l'accès direct à Si Lamine, s'empressait de lui rapporter, avec une obséquiosité qui le faisait se pâmer d'aise, les grandes et petites choses des arcanes de l'État. Moumen Terfous n'avait pourtant pas de fonction précise, tout au plus un vague titre de conseiller dont on ne trouvait nulle trace dans le *Journal officiel*. La rumeur disait qu'il exerçait ses fonctions informelles en vertu d'un "décret non publiable", une aberration juridique inventée au nom de la "Sécurité nationale".

Le décret non publiable permettait d'affecter au compte de la haute fonction publique – privilèges et dépenses compris – une étonnante population de conseillers, dont la spécialité n'était toutefois pas précisée sur leurs cartes de visite. C'est ainsi que l'État disposait d'un conseiller d'alcôve, chargé aussi de la communication, grand pourvoyeur de chair fraîche pour hiérarques décatis. Il y avait également le conseiller aux soins capillaires – la coiffeuse de Madame – qui, après un mémorable séjour dans un pays célèbre pour ses foulards et salons de coiffure, imposa la couleur noir de jais sur les têtes dévastées de la haute nomenclature mâle et femelle. Et le conseiller en art de la table, la cousine – cuisinière de Monsieur et de Madame – qui assumait la fonction de chef du service chargé de la lutte contre les conjurations culinaires. Et puis, au centre de ce cénacle, le *mokadem*, fabricant d'amulettes de la zaouïa de Zouj-bghal, responsable de la guerre permanente contre les mauvais esprits. Pour le plus grand bien des confréries renaissantes au service de la République, il faisait aussi fonction de conseiller onirique en prodiguant des éclairages limpides sur les cauchemars qui hantent les nuits des cadres supérieurs inquiets. Le grand maître de la zaouïa Qadoussiya – marabout général – désignait quant à lui les personnes dignes de confiance et celles dont il fallait se méfier; il pouvait accessoirement, quand les esprits saints le lui commandaient, commenter le projet de loi de finances, les plans de développement et les accords internationaux.

Nul ne sait au fond si ces célèbres décrets ont ou non donné lieu à un écrit. Cela fait partie des petits secrets encore inviolés. Quelques anciens responsables ont toujours affirmé que c'était une invention: des aigris comme il se doit, qui, après avoir été éjectés de l'organigramme officiel de la nomenclature, ont désormais élu domicile définitif dans des pays sans soleil, mais où la justice et la police veillent au grain. "La démocratie populaire n'aime pas laisser une trace écrite de sa basse-cour", avait dit, sans le moindre humour, l'un de ces personnages. Celui-là même qui avait eu l'idée farfelue, quand il était aux Affaires, de prôner l'idéologie de l'"homme nouveau", tout en laissant à la postérité algérienne des monceaux de ferraille qu'on persiste encore, contre toute évidence, à nommer "industrie".

Les archives de la démocratie populaire ne révéleront sans doute jamais aux générations futures l'existence de ces mystérieux fonctionnaires ayant exercé sous le label du décret “non publiable”. Mais certaines fonctions insaisissables n’en sont pas moins réelles, comme celles de Moumen Terfous. Elles ne peuvent s’exercer qu’en vertu de ce décret non publiable, car un secret n’en est pas tout à fait un s’il le reste vraiment… Et il fallait que l’on sache qu’il exerçait un pouvoir et ne pas savoir lequel exactement ne faisait que le décupler.

Cette demi-heure de vacance où Terfous s’occupait seul des invités ne servait pas seulement à ménager l’entrée de Si Lamine. Celui-ci prenait ce temps cédé à Terfous pour s’installer dans l’immense salle de bains de son palais crypto-mauresque. Le cabinet réservé de Si Lamine était superbe, de l’ultramoderne luxueux. En face du trône en porcelaine japonaise se trouvait un grand écran plasma retransmettant tout ce qui se passait en bas, dans les salons de réception.

Terfous semblait en grande forme, la soirée serait réussie, avec cet équilibre exquis entre conversations mondaines et discussions sérieuses. Si Lamine était rassuré, il n’aurait pas à s’occuper du rôle secondaire d’animation de la soirée. Car les mondanités ne convenaient pas à sa stature, ni à son rôle : celui de dieu olympien ou de Don Corleone de cinéma, économe de paroles, expert en petites réparties soigneusement préparées devant pénétrer les esprits, servir d’avertissement ou être prises comme autant de désirs véniels dissimulant des ordres exprès. Combien d’affaires avait-il réglé par ce délicieux jeu du demi-mot lourdement allusif ou de petites phrases d’apparence anodine mais lancées avec une précision de géomètre…

Depuis quelques malheureuses défections du chargé des cérémonies et des palabres, il prenait soin, avant de convoquer une soirée, de s’assurer auprès de Terfous qu’il était à même d’exercer ses missions civiles. Il s’agissait surtout de vérifier que le fragile côlon de Terfous soit en état. Le général prenait le téléphone et, après quelques considérations dans un langage de corps de garde, il lui posait la question cruciale : "Alors, comment va la tuyauterie ?" Et inévitablement, à l'autre bout du fil, Terfous répondait que tout allait à merveille depuis qu'il avait été touché par les grâces de Sidna, le grand maître de la zaouïa Qadoussiya.

Sur son écran, il constata que, pour ce soir-là, il ne lui avait pas menti. Terfous sautillait comme un cabri au moment d'accueillir les cinq invités, qui arrivèrent en même temps. Comme s'ils avaient maraudé dans les environs, l'œil sur la montre pour arriver à l'heure fixée. Il apprécia cette ponctualité toute militaire.

Terfous se hissa sur la pointe des pieds pour donner l'accolade et quatre bises au général Zaâma, lequel l'enveloppa dans ses gros bras. "Quel plaisir, quelle joie !" s'écria Terfous en se trémoussant. Le général esquissa un sourire, dérogation remarquable pour celui qui avait depuis longtemps décidé qu'une mine renfrognée était la plus appropriée au surnom de "fauve" dont on l'affublait à la SM. Adjoint direct du général Lahnèche à la tête des Services – officiellement rebaptisés DRS (Département de renseignements et de sécurité) en septembre 1990, mais, ancienneté oblige, toujours désignés comme la SM –, il s'était forgé en effet une réputation d'enfer dans la lutte contre les barbus, expert en torture et virtuose de la manipulation des "égorgeurs".

Après l'accolade au fauve, qui s'était déroulée au ralenti et qui rappelait à Si Lamine la gestuelle théâtrale des héros du *Parrain* – un film qu'il ne cessait de revoir avec fascination –, Terfous ouvrit ses bras à Zine Fertasse, "notre grand argentier", ce "puits de savoir", ce "vigile des deniers de la patrie". Le ministre de l'Argent, élégant dans un costume bien coupé, apprécia les compliments à leur juste valeur en enlaçant Terfous avec tous les signes d'une affection débordante : "Mon ami, mon frère…" De ses toilettes panoramiques, Si Lamine, qui connaissait les inclinations du ministre, pria qu'il n'aille pas plus loin : "Où se croit-il, celui-là ? Nom d'un chien !"

Fort heureusement, Terfous s'extirpa avec brio de l'étreinte et lança une main complice à Ahmed Bouflissa, qui la lui rendit dans un grand éclat de rire. Cet homme avait surgi du néant au début des années 1990, alors que les barbus s'apprêtaient à prendre les rênes du pays. En quelques années, il était devenu un homme d'affaires qui compte, un magnat de l'importation du médicament et des produits alimentaires. Intrigant et affable, il pouvait discuter aussi bien avec un galonné qu'avec un hooligan cinglé du club de football d'Alger. Il pouvait passer sans effort du jargon des technocrates au langage imagé et onomatopéique des jeunes. Il avait même acquis l'essentiel de la phraséologie bigote qui allait marquer la marche entravée des barbus vers le pouvoir.

Avec un sens remarquable des affaires, il avait, en soudoyant généreusement, mis le grappin sur un des plus vieux clubs de football de la capitale. "Les islamistes ont Dieu, moi j'ai le foot, et j'aurai le fric et le reste. La concurrence n'est pas déloyale." C'est ce qu'il avait dit à un vieil ami de son père, un homme très guindé qui ne comprenait pas qu'un fils de bonne famille puisse se commettre avec les satrapes du régime.

Quelques années plus tard, les islamistes avaient été vaincus, liquidés physiquement ou recyclés dans le marché hallal du négoce et du *trabendo*, et il était à la tête d'une fortune colossale et du même grand club de foot. Entre-temps, à la demande de son ami le général Lahnèche, il avait acquis des actions dans un journal "indépendant", ce qui avait définitivement établi son statut de membre du premier cercle, le cœur du sérail qui dirigeait effectivement le pays. Son association informelle avec Si Lamine avait achevé de faire de lui un homme d'influence majeur. Cette soirée devait être une sorte de couronnement : il donnait la main de sa fille au neveu de Si Lamine, Zerrouk Talagueni.

Ce dernier, qui connaissait parfaitement les lieux et le rôle dévolu à Terfous, se contenta de saluer celui-ci d'un petit hochement de tête. Et ce fut lui qui présenta à Terfous et aux autres invités Farouk Smendou, le nouveau vice-président de la prospère Caisse Omnium des retraites, la COR. Seul du groupe à n'avoir encore jamais mis les pieds aux Quat'zhectares, celui-ci feignit de ne point trop s'émouvoir de la majesté des lieux. Il fut flatté par l'accueil de Terfous – c'était la première fois qu'il le voyait, bien qu'il en eût beaucoup entendu parler.

– Ah ! Mon bon ami, je dois remercier la providence de vous voir aujourd'hui. Je connais votre réputation de gestionnaire et, croyez-moi, des bons, nous n'en avons pas beaucoup !

Terfous avait lancé sa tirade en se mettant sur la pointe des pieds et en se trémoussant. Cette posture, il l'avait copiée de la scène d'un film – le cinéma était la seule nourriture intellectuelle qu'il s'autorisait – où un dandy britannique efféminé se pavanait parmi les invités d'une garden-party en multipliant les "Oh, merveilleux !" et quelques rares mots d'esprit qu'il n'avait pas tout à fait compris. C'est donc sur la pointe des pieds, le postérieur tendu vers le plafond, qu'il les invita, d'un geste ample, à se diriger vers un coin du salon où des pâtisseries, du thé, du café et des spiritueux les attendaient.

Le général Zaâma s'avança le premier, suivi de Zine Fertasse puis des autres. Smendou, mal à l'aise, resta un moment figé avant de s'élancer laborieusement à leur poursuite. Il transpirait dans son costume étriqué sur le point d'éclater sous l'irrépressible poussée de la chair. C'est ce détail physique – et non sa rapide montée en grade comme il aimait à le croire – qui avait conduit de mauvais plaisants de la COR à le surnommer l'"incroyable Hulk", du nom d'un personnage de bande dessinée. Il avait de toutes petites jambes soutenant un tronc anormalement volumineux surmonté d'un crâne massif déjà largement dégarni.

En l'occurrence, cette difformité l'agaçait particulièrement : il était contraint de trotter en permanence pour se maintenir à la hauteur de ses interlocuteurs. Et, de fait, le groupe s'était déjà installé quand il arriva haletant dans le coin du salon choisi pour la soirée. Il allait s'installer dans un fauteuil solitaire, en retrait des trois volumineux divans qui formaient le salon, mais Zerrouk Talagueni l'en dissuada, d'un mouvement à peine perceptible du menton.

Il se replia précipitamment vers l'un des divans où Bouflissa avait déjà pris ses aises, un verre de whisky à la main. Le général Zaâma, quant à lui, avait déjà sifflé un double et en redemandait un à Moumen Terfous. Zine Fertasse avait opté pour un thé à la menthe – une recommandation de Zerrouk Talagueni, qui jurait n'en avoir jamais bu de meilleur hors de cette demeure.

– Et à notre gestionnaire émérite, que pourrions-nous offrir ?

Farouk Smendou avait une nette préférence pour le whisky, mais, prudent, il n'osa pas se mettre à égalité du général Zaâma et du très médiatisé Ahmed Bouflissa. Incapable de deviner l'existence ou non d'un code dans le choix des boissons, il décida d'opter pour le café noir. Ce breuvage avait au moins l'avantage de la neutralité.

– Un café, Si Terfous ! C'est à ça que je carbure.

– Je l'aurais parié ! Les bons gestionnaires sont toujours en éveil ! Le café y est pour beaucoup ! De plus, le nôtre est excellent. Le temps est bien révolu où il était mélangé aux pois chiches !

L'évocation du café de l'ère socialiste dérida l'atmosphère. Même le général Zaâma abandonna sa mine renfrognée et émit un gloussement :

– Une période de folie ! Pour obtenir une caisse d'eau minérale, il fallait connaître le directeur du supermarché...

– Dieu merci, on n'en est plus là, dit Ahmed Bouflissa. Il nous aura fallu une guerre contre les barbus pour en revenir aux normes. Et encore, il reste du chemin à parcourir.

Tous étaient d'accord avec lui.

– Hélas, Si Bouflissa, le mal est toujours là, les managers des entreprises d'État n'ont pas votre dynamisme, se lamenta Zine Fertasse.

Taper sur les cadres des entreprises publiques, c'était son dada, une sorte de vocation. Le passage de Fertasse au siège d'une institution financière internationale, bien qu'ayant duré plus de dix ans, n'avait pas laissé le souvenir d'un bourreau du travail au sein du syndicat des riches. En revanche, le personnel féminin de l'institution en avait conservé une mémoire mitigée: sa nomination dans le gouvernement algérien lui avait permis d'échapper *in extremis* à une procédure pour harcèlement sexuel. Il n'en tirait pas moins un fort sentiment de supériorité à l'égard de l'armée des cadres locaux: il était l'"Américain" qui daignait venir au secours d'un pays "maltraité par des managers ignares".

Le hasard avait voulu que son rappel aux Affaires ait précédé de plusieurs années le déclenchement de la guerre de cent ans engagée par l'Oncle Sam en Irak en mars 2003. Contre toute évidence, il affirmera alors que "sa" politique était pour beaucoup dans l'augmentation vertigineuse des prix du pétrole qui s'ensuivra et l'accroissement spectaculaire des recettes, en milliards de dollars, issues de la seule production exportable du pays. Quelque temps plus tard, après le remplacement du général-président par un vieux cheval de retour, il invoquera la "baraka" qu'il était pour le pays. Il ne le fera qu'une fois. Des courtisans du nouveau chef de l'État, qui n'appréciaient pas cette appropriation d'une vertu exclusivement présidentielle, en rendirent compte à qui de droit. Une colère royale se déchaîna immédiatement, via le téléphone spécial que les cadres moyens appelaient avec respect "ligne de souveraineté". Zine Fertasse, au garde-à-vous, au bord des larmes, jura que jamais plus il ne contesterait au chef le monopole de la baraka…

Il respectera scrupuleusement cette promesse. Mais après ce savon, pour des raisons que les employés ne sont jamais parvenus à expliquer, un vent de terreur souffla dans les couloirs du ministère. Une fois la tempête passée, Fertasse se lança dans une campagne télévisée véhémente contre des gens "atteints par le virus de la rente", qui feraient obstacle aux réformes du président. La presse "indépendante", qui n'y comprenait pas grand-chose, se livra à de savantes analyses pour essayer d'expliquer quel était l'objet de sa fureur. À la Maison de la presse, qui abritait dans des conditions pitoyables les rédactions de tous ces journaux annexes des "clans du pouvoir", de drôles de journalistes, toujours désœuvrés et toujours très bien informés mais qui n'écrivaient jamais rien, firent savoir à leurs jeunes collègues, obligés d'aligner des octets pour gagner leurs salaires et du galon, que c'était le Premier ministre, Mohamed Bouflitis, qui était la cible de l'ire ministérielle.

Mais n'anticipons pas et revenons à cette soirée historique du printemps 1998 et aux fortes pensées émises par le buveur de thé ministériel contre les cadres des entreprises publiques, lesquelles suscitèrent cette réplique sans appel du businessman Bouflissa :

– Oui, ils dorment sur leurs lauriers. Voyez-vous, monsieur le ministre, ils ne bougeront pas si on ne les bouscule pas. Beaucoup de cadres attendent, dans l'antichambre, de faire leurs preuves. C'est au pouvoir politique de leur mettre le pied à l'étrier…

Brusquement, il s'arrêta de parler et la petite assemblée, subitement tétanisée, mit fin à cette aimable conversation de café du commerce. Moumen Terfous se leva soudainement, se mit sur la pointe des pieds, le postérieur dirigé vers le plafond, les bras ouverts, le regard vitreux et les lèvres esquissant un sourire béat. Le général Zaâma avait dégluti son whisky et s'était quasiment mis au garde-à-vous. Il eut presque envie d'éclater de rire à la vue d'un Smendou trahi par ses petites pattes, qui ne parvenaient pas à faire bouger son énorme tronc… Il brassait l'air de ses bras dans une ultime tentative de se mettre debout, mais il demeura collé au divan. Hulk était prisonnier de son poids, son tronc de géant empêchant ses pattes de nain de marcher.

Le général venait de faire son entrée…

3

Souriant benoîtement, discrètement parfumé, Lamine Boutramine lança un “Surtout, ne vous levez pas!” qui pétrifia littéralement Smendou, bloqué en solitaire dans son fauteuil au milieu de la petite compagnie de personnages importants, debout, dans une posture d’attente respectueuse.

Le maître des lieux s’excusa de son retard en invoquant les affaires de l’État qui, bien sûr, ne pouvaient attendre. Il serra chaleureusement les mains de ses hôtes et se déplaça même pour aller prendre vigoureusement celle d’un Smendou suant à grosses gouttes en se demandant si son incapacité à se mettre sur ses jambes n’allait pas définitivement le mettre hors de combat dans l’âpre bataille de l’avancement. Mais Boutramine, déjà installé dans son fauteuil, manifestait une telle empathie à l’assemblée qu’il estima que rien n’était perdu et que ses chances étaient encore intactes.

Le général engagea la discussion : il venait de s’entretenir avec le prince héritier d’un pays cousin et l’avait convaincu de ne pas trop faire jouer la pompe afin de préserver un “niveau de revenu acceptable pour le pétrole”. Dans quelques jours, l’OPEP devait se réunir à Vienne et il avait préparé le terrain – discrètement, mais avec une force de persuasion indéniable.

– Voyez-vous, l’ennui avec nos frères princes du Golfe, c’est qu’ils n’ont vraiment pas conscience de leur poids… Ils ne connaissent pas la façon de fonctionner des grands chefs occidentaux…

Cette introduction prononcée avec lenteur, entrecoupée de longs silences, à la fois pour accentuer la confidentialité et le rôle déterminant du maître, inspira l'emphase du ministre de l'Argent :

– Le ministre du Pétrole vous doit sa réputation usurpée, mais la patrie vous doit sa bonne santé financière, même si elle ne le sait pas. Comme le disait fort justement Winston Churchill : "Jamais un aussi grand nombre d'hommes n'a dû autant à un aussi petit."

Lamine Boutramine apprécia, mais il prévint toutefois Zine Fertasse que ses propos, s'ils étaient repris dans des cercles malintentionnés, pourraient susciter des jalousies. L'exaltation du ministre retomba, mais son admiration et sa reconnaissance n'en furent que plus vives. Boutramine était un génie méconnu de la gouvernance ! Il ne parlait pas beaucoup, il savait se mettre dans l'ombre. Il encaissait avec un silence chargé de mépris toutes les rumeurs qui étaient colportées sur son compte. Il connaissait si bien les ressorts qui stimulent les ambitions sans gloire qu'il en était arrivé à cette certitude intime et quasi mystique – comme le serait celle d'un jeune salafiste sublimant dans une foi bigote des pulsions inassouvies – qu'il incarnait la continuité de l'État.

Un responsable politique de l'ancienne métropole dont l'étoile pâlissait et qui, mécontent de ne plus recevoir l'aide financière habituelle par le canal luxembourgeois habituel, l'avait ainsi traité un jour, dans un cercle privé, de "petit Mazarin de Barbarie". Bien sûr, le propos fut immédiatement rapporté. N'ayant qu'une connaissance diffuse de l'histoire de France, il fut plutôt rassuré d'apprendre que Mazarin était un cardinal important qui savait manier avec grand talent l'argent et le pouvoir. "Cardinal ? Pas mal", avait-il commenté, se promettant *in petto* d'envoyer une mise en garde au politicien blanc pour lui rabattre le caquet.

"L'astuce, vois-tu, c'est d'être au centre de tout sans jamais être sur le devant de la scène", avait-il expliqué un jour à son neveu Zerrouk Talagueni alors qu'il le sermonnait au lendemain d'une nuit particulièrement agitée dans la zone protégée du Club des Pins. Rejeton type de la nomenklatura,

Zerrouk avait ce soir-là ingurgité des dizaines de verres de whisky, un bon nombre de joints et des pilules miracles, puis était sorti régler à coups de pistolet une dispute au sujet de la répartition des bénéfices de sa dernière combine.

Des gendarmes, inquiets à l'idée que leur passivité ne leur soit reprochée et craignant que l'engeance des chefs ne produise un scandale hors de proportion, avaient dû intervenir pour empêcher le massacre. Aucun fils de famille n'avait été touché pendant l'échange de tirs, qui ne dura pas moins d'une demi-heure, mais deux gendarmes avaient été grièvement blessés. Évidemment, aucune enquête policière ou judiciaire ne fut diligentée, aucun rapport ne fut rédigé et les armes saisies furent restituées avec les excuses d'usage à leurs propriétaires.

Au Club des Pins, "résidence d'État" en bord de mer – haut lieu de détente sécurisé, réservé aux courtisans bien vus –, l'histoire fit grand bruit et finit par sortir de l'enceinte pour se répandre en ville. "Alger", comme disait avec dépit Lamine Boutramine, avait repris l'histoire à son compte... Elle en rajoutait, elle brodait et, avec une joie mauvaise, dressait un bilan d'au moins quinze morts et de trente-trois blessés... "Tu vois, ce n'est qu'une vétille, mais regarde ce qu'Alger en fait." Zerrouk Talagueni en avait été quitte pour aller se ressourcer quelques semaines en Amérique, se refaire une santé dans les montagnes du Colorado.

– Qu'est-ce que je vous sers, Si Lamine? demanda Terfous.

– Ah, je crois que je vais opter pour le café, comme notre brillant gestionnaire.

Le visage de Smendou s'éclaira littéralement, il était reconnu, traité en égal par le grand vizir de l'ombre. Le vice-président de l'Omnium sentit même des forces revenir à ses courtes jambes. Ah, le café!

Pressé d'en finir avec l'objet officiel de la réunion, le général Boutramine demanda à Bouflissa des nouvelles de sa fille.

– Dieu merci, elle va bien. Elle travaille beaucoup pour terminer sa thèse de doctorat en histoire et être prête pour l'heureux événement.

– Nous sommes impatients de voir ces jeunes s'élancer dans la vie. L'avenir leur appartient.

C'est par ces mots que Si Lamine donna ainsi publiquement l'onction cardinalice à l'union des deux familles.

Sortant de la contemplation de son verre de whisky, le général Zaâma surprit tout le monde en déclamant, un trémolo dans la voix et dans un arabe classique particulièrement châtié :

– L'argent et les enfants sont les parures de la vie terrestre !

Découvrant qu'il n'était pas le seul à avoir acquis les rudiments de langage religieux, Bouflissa approuva, en français :

– C'est le verset adéquat, celui qui s'impose pour la circonstance, même les barbus l'approuvent désormais.

– Je pensais que c'était tiré d'un poème !

Le général Zaâma était confus. Il avait demandé à l'un de ses subordonnés ce qui pouvait être dit en pareilles circonstances. L'adjoint lettré avait suggéré la formule, sans préciser son origine coranique. Sa confusion provoqua une hilarité générale et Moumen Terfous se risqua à ce qui lui sembla être de l'esprit :

– Les voies du Seigneur sont impénétrables, mon cher général !

Puis on parla du chef de la milice des barbus : il avait remisé ses pétoires pour s'engager dans le maquis du négoce. Il était tellement atteint par le syndrome de l'achat et de la vente qu'il était en permanence pendu à son téléphone satellitaire (gracieusement fourni par la Sécurité militaire) pour demander des sauf-conduits à des containers de fripes en provenance de Turquie. Le général Zaâma, qui était allé dans la montagne négocier sa reddition quelques mois plus tôt, se rengorgea :

– Je lui ai expliqué que grâce à son copain Ben Laden, nous avons désormais la latitude de le gommer radicalement, lui et toute sa tribu, avec les félicitations de tout le monde en prime. Un vrai minable, un pauvre type. Il ne m'a même pas parlé de ses copains, tout ce qu'il voulait, c'était avoir bon un gagne-pain…

– Un gagne-petit, se risqua Zerrouk Talagueni, qui était resté jusque-là silencieux en observant avec attention son oncle.

– On leur a brisé les reins à ces va-nu-pieds, à cette racaille. Ce ne sont plus que des débris, ajouta le général Zaâma qui, l'effet du whisky aidant, était prêt à se lancer dans l'évocation des grandes épopées de pacification conduites dans les djebels infestés de barbus.

Ahmed Bouflissa, saisissant au vol une ombre d'agacement sur le visage rondouillard du général Lamine Boutramine, détourna avec art la discussion :

– Le problème, Si Lamine, voyez-vous, est que l'horizon politique et sécuritaire est maintenant éclairci, mais il reste plombé par notre incapacité générale à mettre en marche l'économie.

– Tu as raison, mon ami, c'est trop lent tout ça, nous donnons trop de temps à nos ennemis pour se refaire une santé au lieu de les enterrer pour de bon !

– Toutes nos grandes initiatives stratégiques sont bloquées par l'absence de managers convaincus, des hommes d'action, d'authentiques entrepreneurs modernes.

– J'ai appris qu'un jeune homme prometteur était sur le point de lancer une banque, comment s'appelle-t-il déjà ?

– Ah oui, Si Lamine, il s'agit d'Oulmène Mokadem, s'exclama Bouflissa. C'est le fils de Kheloufi Oulmène, un vrai patriote, un baroudeur de la guerre de libération, un grand serviteur de l'État trop tôt disparu. Son fils, un garçon admirable, est en train de secouer une économie de boutiquiers sans envergure. Ce jeune homme d'affaires ira loin, je vous l'assure, il est en train de démontrer par son dynamisme que les entrepreneurs publics commettent un vrai crime économique contre la patrie. Leur inertie est coûteuse, Si Lamine, et si on ne fait rien, l'intégrisme qu'on a vaincu va renaître de ses cendres.

– Ah, ces banques publiques ! En dormant sur leurs lauriers elles contribuent, c'est vrai, à nous fabriquer des desperados ! Il faudra aider ce jeune homme à vaincre l'hydre bureaucratique.

Zine Fertasse s'estima d'emblée investi de la mission :

– Ce jeune homme mérite notre soutien ; non seulement il est issu d'une lignée de patriotes, mais il est l'exemple même que je donne aux cadres du secteur public qui n'entreprennent rien et qui, même pour engager une secrétaire, attendent une instruction ministérielle. En tout cas, à notre niveau, nous veillerons à l'aider à éliminer les obstacles qui pourraient se dresser contre lui.

Si Lamine était d'accord.

– Et vous, mon cher Smendou, comment se fait-il qu'avec des cadres de votre valeur, l'Omnium ait l'air d'être géré comme une épicerie de douar ?

– C'est très juste, renchérit Zine Fertasse, l'Omnium ferait une excellente affaire en plaçant des fonds dans cette nouvelle banque privée !

Smendou était troublé. La question de Si Lamine était directe, brutale. Elle lui était personnellement adressée. La direction de l'Omnium était clairement condamnée, mais on lui offrait la possibilité de s'en démarquer. Le président de l'Omnium, il le connaissait depuis le lycée, il était correct avec lui et n'était pas exigeant. Soit ! Mais il n'avait pas signé d'engagement de loyauté, il n'était pas marié avec lui… Et puis, après tout, que chacun se débrouille dans la vie !

Zerrouk Talagueni l'encourageait du regard, lui signifiant que c'était l'occasion ou jamais d'entrer dans le cercle des gagnants. De sa réponse allait dépendre son avenir. Il ferma les yeux et inspira profondément. Après tout, le président de l'Omnium était responsable, il n'avait qu'à assumer.

– Si Lamine, je suis entièrement d'accord avec vous. L'Omnium dispose de fonds considérables placés dans des banques publiques, ça ne génère que de faibles revenus, dérisoires ! J'ai toujours défendu une gestion active de ces fonds, mais vous le savez, nos lois donnent un poids prépondérant au PDG. Toutes les bonnes volontés se heurtent à l'inertie des situations acquises…

– Nous devons balayer ces inerties comme nous avons vaincu les barbus, marmonna le général Zaâma avec un débit ralenti par un début d'ivresse.

– Oui, mais contrairement à l'intégrisme, ces obstacles doivent être vaincus avec l'art du dribbleur, n'est-ce pas Si Bouflissa ?

– Sans doute ! Vous savez que le jeune Oulmène sponsorise déjà plusieurs clubs. Il n'est pas une bénédiction pour l'économie seulement. Il a un grand sens de la communication… J'ai appris qu'il voulait aussi lancer une télévision…

– Au fait, vous avez un match très chaud jeudi prochain, les derbys m'inquiètent toujours, dit Si Lamine, estimant qu'il était inutile de s'étendre davantage sur le sujet.

– C'est vrai. Les jeunes sont fous, une question d'hormones, mais la situation est sous contrôle. On va vous laisser, Si Lamine, je sais que vous avez toujours fort à faire et vous devez vous reposer, dit Bouflissa en se levant.

Si Lamine en convint modestement, ajoutant que ce genre de rencontre avec des amis était un baume qui apaisait la lourdeur de sa charge de boulanger industriel en réserve active. Il accompagna les invités vers la porte déjà ouverte par le *chaouch* Kada. Si Lamine prit le bras de Farouk Smendou et lui murmura :

– Je sais que vous êtes un cadre de valeur. Le pays aura besoin de vous ! Ne baissez pas les bras, allez de l'avant, la vie est pleine de surprises.

Les chauffeurs, qui devisaient tranquillement sous un auvent, rejoignirent précipitamment leurs postes. Leurs patrons se congratulèrent une dernière fois. On félicita encore Bouflissa pour ce beau mariage. Celui-ci fit un clin d'œil à Farouk Smendou :

– Les portes de l'avenir viennent de s'ouvrir devant toi !

Et Farouk Smendou, le seul à être sans chauffeur, fut le dernier à quitter les Quat'zhectares. En tournant au bout de la rue, il sourit aux hommes en costume triste qui étaient confortablement installés dans une voiture sombre.

Il était aux anges. Il marchait à dix centimètres du sol. Il était un géant. Un grand parmi les grands.

4

La femme de Smendou, Aouichette, surprise par le réveil de sa fougue, avait d'abord gémi de plaisir sous l'amas de chair qui l'écrasait.

– Alors là ! Mais tu as pris du viagra !

Il tressaillit, hésita un instant comme s'il pesait le pour et le contre, puis laissa libre cours à sa rage. Elle était paralysée de stupeur et n'arrivait même plus à crier, tétanisée, gagnée par une souffrance sourde tandis qu'il l'écrasait de tout son poids en ahanant et en l'injuriant.

Puis, sans s'en rendre compte, il devint violent. Il ne se contentait plus de tapes, mais donnait de grandes claques sur les flancs de sa femme, dont le plaisir déjà mué en douleur pure se transformait en terreur.

– Celui qui se met sur mon chemin, je le baise jusqu'à l'os, hurlait Smendou, tandis que son épouse pleurait, sans oser élever la voix.

Quand la bourrasque fut passée, elle se recroquevilla en chien de fusil, le corps agité de spasmes muets, entre douleur et humiliation.

– On dirait que tu n'es plus apte à l'exercice !

Smendou eut envie de prendre à nouveau sa femme, mais lorsqu'il tenta de l'attirer vers lui, elle hurla de frayeur et de dégoût. Il se remit sur ses courtes jambes, dépité, le souffle court. Il observa longuement sa femme, nue, prostrée au coin du lit, les yeux révulsés. Vaincue !

– Je crois bien, ma cocotte, que tu es hors du coup ! J'ai bien envie de te mettre aux archives. Il faudra que j'y songe sérieusement ! Tu pourras alors pleurer et gémir tout ton soûl.

Le propos blessant, après le déchaînement de violence, déclencha ses sanglots.

– La ferme, connasse !

Elle sauta du lit et fila hors de la chambre. Elle était près de la porte quand elle se rendit compte de sa nudité. Elle se ravisa et s'enferma à double tour dans les toilettes.

– Tu es à ta juste place !

Calme, bombant son torse volumineux, Smendou alla ouvrir l'armoire et en sortit une bouteille de Johnny Walker, puis dégusta lentement son whisky en l'écoutant pleurnicher.

– C'est quand même mieux que le café de chez Boutramine !

Vers deux heures du matin, il finit par s'allonger sur le lit de sa première victoire ; son esprit naviguait déjà vers les nouveaux horizons qui s'ouvraient à lui, l'oreille tendue vers les pleurs étouffés de sa femme qu'il goûtait comme une petite musique agréable, douce à ses oreilles et à son cœur plein d'amertume.

Il était surpris par son comportement de mâle, sa brutalité subite, mais ne ressentait aucune culpabilité. Depuis dix ans qu'il vivait avec Aouichette Smendou, elle l'avait toujours écrasé en douceur, avec une condescendance ironique devant ses angoisses permanentes et les couleuvres régulièrement avalées au cours de sa médiocre carrière. La morgue et l'arrogance de ses supérieurs, la peur compulsive de se faire éjecter à tout moment ou de se faire confectionner une "affaire", toutes les tristes avanies d'un cadre sans protection le ramenaient le soir en piteux état à la maison.

Laminé par sa journée de reptation ordinaire et de sourires contraints, il racontait ses malheurs à Aouichette, se plaignait de sa solitude dans la bataille sans fin pour la promotion et du mal de chien que cela lui occasionnait. Elle l'écoutait, compatissante et même affectueuse, mais il avait toujours ressenti une sorte d'abaissement devant sa mansuétude. Aouichette, enseignante de français, passait le plus clair de son temps à butiner d'un livre à un autre, pour sublimer dans l'imaginaire le terne cheminement d'un mariage arrangé avec son cousin Farouk. Elle avait atteint la forme de détachement de ceux qui n'attendent plus grand-chose de l'existence, une morne désespérance au quotidien qu'elle prenait pour de la sérénité. Elle ne comprenait pas que son cousin de mari cherche à se trouver une protection en enfer, au lieu d'essayer d'en sortir.

Il lui avait raconté un jour – c'était avant qu'il ne rejoigne l'Omnium – qu'au cours d'un comité de coordination, le directeur général avait fait des remarques désobligeantes sur son aspect physique et il avait été mortifié par les rires gras de ses collègues.

– Le plus dur dans tout ça, c'est de devoir tout avaler, de ne rien dire alors qu'on a envie d'exploser, de dire à ce foutu DG d'aller au diable…

Elle lui avait répondu avec une douceur qui l'avait frappé :

– Mais tu n'es pas obligé de supporter tout cela ! Tu n'es pas un infirme, tu peux faire autre chose et gagner ta vie sans avoir à te commettre avec ces imbéciles…

Il avait ressenti dans le ton d'évidence de ses propos comme une forme de mépris. Il en avait conçu une rage difficile à contenir :

– Tu ne comprendras jamais rien, tu ne peux pas imaginer !

Plus tard, quand Sadek Bounab, son vieux copain de lycée, l'appela à ses côtés à l'Omnium des retraites – c'était tout récent, un mois à peine –, son sentiment de frustration s'était atténué, mais sa rancœur était intacte. Elle décuplait surtout quand il voyait des cadres de compétence notoirement médiocre – mais à l'entregent avéré – mener des carrières flamboyantes et devenir même ministres ou ambassadeurs…

– Le temps de Smendou est venu ! dit-il à voix haute en claquant sa langue après une énième gorgée de whisky.

Désormais, il se sentait armé pour le combat décisif. Il éteignit la veilleuse, prêt à s'endormir. Il rêvassait encore quand sa femme revint dans la chambre. Elle se faufila dans le lit, sans bruit et sans allumer. Sa frayeur était palpable. Elle n'avait pas décidé, comme il s'y attendait, de fuir chez ses parents. Il ne lui était même pas venu à l'esprit qu'elle ne pouvait pas sortir à trois heures du matin dans des rues que les habitants désertent pratiquement juste après le coucher du soleil. Il considéra son retour au lit comme un aveu de défaite, un signe de soumission. La première victoire du nouveau Farouk Smendou !

Il s'endormit, un sourire béat aux lèvres, et rêva en couleur d'une avancée triomphale dans la hiérarchie sous les acclamations d'une foule admirative. Il était le héros d'un mélo de Bollywood, il était Sashi Kapour se pavanant au milieu de naïades lascives se déhanchant sous les trémolos sirupeux d'une cantatrice aux formes généreuses…

Le lendemain matin, son réveil fut glorieux. Une inhabituelle érection confortait sa conviction : le chef, dorénavant, c'était lui. Et il fallait que sa femme le comprenne pour de bon, comme d'autres finiraient par le reconnaître. Il baignait dans un bonheur tranquille, assis dans le salon en train de prendre son café au lait sous le regard perplexe et inquiet de Aouichette, déjà prête à aller expliquer à des étudiants – qui ne rêvaient que de fuir le pays – les subtilités du signifiant et du signifié.

Elle observait la métamorphose de son mari. Il avait été si fébrile durant les trois derniers jours… Une "importante séance de travail", comme il disait. Quelque chose avait dû s'y passer pour que sa veulerie se transforme, non pas en fermeté, mais en pure méchanceté. "Un lâche qui vient d'obtenir la protection du diable, voilà ce que c'est ce tas de graisse." Elle n'avait pas d'enfant et se sentait d'autant plus libre pour tenter de mettre un terme rapide à une situation qui prenait un tour insupportable. La commisération et la pitié qu'elle avait éprouvées à son égard s'étaient muées en mépris absolu. Elle ne pouvait pas ressentir de haine pour ce pauvre hère ivre de chimères.

– Qu'est-ce qu'il y a? dit-il, prêt à nouveau à en découdre.

– Rien, tu viens de tacher ta chemise avec le café.

Il n'eut pas le temps de lui ordonner d'en rapporter une autre qu'elle était déjà dehors.

– Salope! Je lui montrerai ce soir de quel bois se chauffe Smendou!

C'est dans ces dispositions vengeresses qu'il arriva à la direction générale de l'Omnium, un immeuble haussmannien de quatre étages sur le front de mer, dans le quartier des sièges sociaux des grandes banques publiques. Il se défoula d'emblée sur les agents de sécurité en leur reprochant leurs tenues débraillées:

– Non mais! Où vous croyez-vous? Dans un hammam? cria-t-il en se dirigeant vers l'antique ascenseur. Il tempêtait encore quand l'ascenseur se mit poussivement en marche, sous les regards stupéfaits des agents qui n'avaient jamais encore entendu le son de sa voix. Il lui arrivait parfois de hocher la tête en guise de salut, mais le plus souvent il passait en trombe sans regarder personne, de son petit pas pressé.

Au quatrième étage, celui de la direction, il rembarra sans ménagements des secrétaires qui papotaient dans le couloir.

– Ce n'est tout de même pas un salon de coiffure ici! dit-il encore une fois, contraignant les employées à opérer en murmurant un repli prudent vers leurs bureaux. Smendou bouleversait les habitudes. Il ne demanda pas à son assistante secrétaire très maquillée de lui amener un café très serré; il ne se plongea pas non plus dans la lecture des journaux – en commençant par les carnets, là où l'on apprend les départs vers l'au-delà endeuillant les familles des notables, là où s'affichent les alliances matrimoniales du pouvoir et de l'affairisme. Smendou n'éprouvait déjà plus le besoin d'adresser ses condoléances ou ses félicitations – ce que tout cadre supérieur ambitieux se doit de faire pour se rappeler au bon souvenir de ceux qui décident et distribuent les promotions. Il avait l'absolution du grand chambellan, du faiseur de sultans, du grand ordonnateur des successions.

Il sourit. Un jour, quand il serait encore plus proche de lui, sur le ton de la confidence, en se promenant avec lui dans son splendide jardin, il lui rapporterait les petites phrases et les titres alambiqués qui lui sont attribués dans les salons lambrissés de la haute administration. Et puis aussi... ses multiples surnoms. Il se garderait, bien entendu, de lui rapporter les appellations déplaisantes, mais ne se priverait point de citer toutes celles qui évoquaient sa toute-puissance et son art incomparable de la gouvernance de l'ombre...

Ce rêve éveillé le rappela à ses devoirs et à sa mission: secouer l'Omnium, le faire sortir de sa léthargie, faire fructifier ses fonds... "Le pays a besoin de vous, ne baissez pas les bras!" Non, mon général, il n'allait pas baisser les bras, il allait même les lever et les agiter dans tous les sens. Ils verraient qui était Farouk Smendou! Il n'avait aucun pouvoir opérationnel au sein de l'Omnium, mais il avait mieux désormais: le soutien décisif. Ce n'était pas son patron, ce vieux froussard de Sadek Bounab, qui allait l'empêcher d'accomplir sa mission.

– Celui qui se met sur mon chemin, je le...

Il n'eut pas le temps d'achever sa phrase: sa secrétaire au maquillage exagéré apportait du courrier.

– La prochaine fois, frappe avant d'entrer! Et convoque-moi le secrétaire général et le directeur financier: qu'ils amènent les états bancaires du dernier semestre!

Ils arrivèrent sur-le-champ, intrigués par cette demande qui n'entrait pas vraiment dans les attributions du vice-président.

Il avait beau être le deuxième personnage de l'Omnium, il n'avait aucune mission précise, si ce n'est d'assister le PDG ou de le représenter. La vice-présidence est une sinécure pour cadres supérieurs redondants, un poste destiné à percevoir de bons salaires sans rien faire de particulier. Depuis dix-huit mois qu'il était à l'Omnium, Smendou s'en était satisfait. Il avait passé de longs mois d'oisiveté, assistant régulièrement aux réunions du conseil d'administration où il ne faisait qu'approuver les résolutions et bâiller pendant les exposés.

Il eut cependant une période d'intense activité, consacrée à meubler et à remeubler son bureau. Après trois changements successifs financés par les retraites des travailleurs, sa quête dispendieuse de l'esthétique bureaucratique se stabilisa provisoirement sur un agencement tape-à-l'œil en aluminium et plexiglas, qui contrastait singulièrement avec la sobriété vieillotte du mobilier de l'Omnium. La rumeur disait que c'était le choix de la secrétaire surmaquillée – laquelle, à défaut d'avoir un vrai travail, meublait son oisiveté et celle de son patron en s'enfermant avec lui pour de régulières séances de travail privées. Ce décor, qu'il qualifiait en toute sincérité de "postmoderne", était la seule réalisation notable de Smendou depuis son arrivée à l'Omnium. Et il tirait une grande fierté des regards effarés de ceux qui y pénétraient pour la première fois.

Le directeur financier, transportant un dossier, et le secrétaire général, les mains vides, s'assirent à son invite, intimée d'un bref mouvement de menton.

– Alors, quels sont nos rendements pour les placements dans nos chères banques publiques ?

Le directeur financier fouilla pendant quelques longues minutes dans sa grosse chemise cartonnée. Puis il remit à Smendou un épais listing informatique de la Banque populaire rurale.

Smendou l'examina avec attention. À mesure qu'il lisait, sa tête semblait s'enfoncer dans sa cage thoracique. Il explosa d'indignation : le relevé le plus récent datait de six mois et comportait des pâtés et des bizarreries qui en rendaient la lecture aléatoire.

Smendou fulminait. Le gestionnaire émérite fraîchement adoubé décida d'en remontrer à ses deux interlocuteurs.

– La qualité ridiculement nulle du service exacerbe l'insoutenable faiblesse de nos rendements. Nous sommes responsables de la gestion des fonds qui nous sont confiés et il n'est pas acceptable, c'est même criminel, d'accepter des rémunérations aussi chétives ! L'Omnium n'est pas une épicerie de douar, nom de Dieu !

Il était essoufflé par sa tirade, bien qu'il l'eût préparée et répétée. Ils le regardaient, les yeux ronds, surpris à la fois par cet intérêt soudain pour les performances de la Caisse que par le pompeux charabia dans lequel il était formulé.

Le secrétaire général resta impassible quand Smendou évoqua la future banque Oulmène, qui pourrait offrir un taux d'intérêt deux fois supérieur à celui des banques d'État.

– Laisser passer cette opportunité, ce serait continuer à subventionner à fonds perdus des banques publiques moribondes.

Ils savaient qu'ils ne pouvaient l'approuver trop ouvertement, connaissant la position de prudence et les très traditionnelles méthodes de gestion de Sadek Bounab.

Smendou n'hésita pas :

– C'est une directive qui vient de haut, de très haut, juste au-dessous du bon Dieu ! Et encore...

Il y avait dans sa voix quelque chose de triomphal et de vengeur. Le directeur financier objecta que cela relevait des prérogatives du PDG et du conseil d'administration. Il se leva, balayant les dernières réticences – "Tous les obstacles seront surmontés !" –, conscient qu'il venait de lancer un défi au PDG, son vieux pote de lycée, Sadek Bounab.

Une étape importante avait été franchie : les deux hommes se chargeraient de faire savoir, discrètement, que le PDG était "partant" et que Smendou avait de bonnes chances de le remplacer... Il restait à s'occuper du secrétaire de la section syndicale. Facile de l'amadouer: il suffisait seulement de laisser entendre que pour Bounab, c'était fini, et que lui, il devrait se placer dès maintenant s'il entendait continuer sa fructueuse gestion du fonds des œuvres sociales. Bien sûr, Sadek Bounab serait le dernier à savoir…

Le plan de bataille était en œuvre. Bounab était condamné, les cadres et les syndicalistes allaient dénoncer unanimement sa mauvaise gestion et, qui sait, réclamer son départ…

5

Loin du quartier des banques, dans un arrondissement du centre nettement plus populeux, Moh Ch'hili avait installé ses deux épouses dans les étages d'un édifice à la façade hideuse, une construction utilitaire de style militaro-trabendiste en vigueur depuis l'Indépendance. Il avait placé au-dessus de l'entrée de son magasin une enseigne calligraphiée en caractères coufiques – *"Ceci est une faveur de Dieu!"* –, dont il était particulièrement fier. En fait de magasin, il s'agissait d'un bazar de bric et de broc qui occupait le rez-de-chaussée de l'immeuble. Le sous-sol, qui avait une hauteur de plafond digne de la grande mosquée Ketchaoua, servait d'entrepôt.

Avec ses deux épouses, une faveur du Seigneur elles aussi, il essayait d'être juste et de les servir d'égale manière, comme le recommande la règle. Mais, lui qui savait compter, il lui arrivait trop souvent de s'embrouiller, au détriment de la plus vieille. Il esquivait sa fugace culpabilité par une tirade énonçant que tous les hommes fautent et que les meilleurs d'entre eux sont ceux qui le reconnaissent.

Sa première femme, la "vieille" qui n'avait pas encore trente-deux ans et à qui il avait fait déjà cinq enfants, ne protestait pas. Elle se contentait de lui rappeler que c'était "son tour" sans faire de drame. Elle n'essayait pas de rivaliser avec la jeunette du dessous, trop jeune, trop fraîche. Elle essayait surtout de ne pas se faire renvoyer chez ses parents et de veiller aux intérêts de ses enfants. Moh Ch'hili, en tout cas, ne s'en faisait pas trop, il répétait ses erreurs autant de fois qu'il le pouvait et entendait bien profiter sans retenue de sa seconde épouse.

Plusieurs fois par jour, quand il ne vadrouillait pas au port ou dans les no man's land des bazars, il abandonnait son petit cagibi au fond du magasin et montait au premier étage s'offrir une partie de plaisir. Dans son appartement, à côté des livres religieux richement reliés qu'il n'ouvrait jamais, deux imposantes rangées de vidéocassettes de films pornographiques s'étaient accumulées depuis sa sortie de prison. Il aimait bien regarder un film, ça stimulait sa créativité : il n'avait pas vraiment besoin de ce genre de béquille, mais il adorait imiter les ébats des professionnels avec sa jeune épouse. Elle aussi, il l'avait ajoutée à ses stocks quelques mois après sa sortie des Quat'zhectares.

Au début, la jeune Zoulikha s'en était offusquée. Mais peu à peu, cette sœur de *jihadi* s'était laissée gagner par les compulsions de Moh, son absence totale d'inhibition et sa culture de la duplicité : paraître exactement le contraire de ce que l'on fait en douce, accepter avec une feinte modestie des louanges non méritées, affecter une religiosité extrême, mais n'en accepter réellement aucune contrainte.

L'argent et la frénésie de son mari lui avaient fait oublier ses malheurs. Trois des frères de Zoulikha étaient montés au maquis grâce aux filières de Moh Ch'hili et étaient morts dès les premiers mois de la guerre. L'un d'eux était même devenu un de ces émirs éphémères : il avait été tué deux jours à peine après son intronisation, dans un raid d'hélicoptère du côté de Sohane. Le seul garçon de la famille à ne pas être monté au maquis, parce que cela “ne l'intéressait pas de mourir”, fut abattu au cours d'une descente de représailles. Son père en mourut de chagrin une semaine plus tard.

On lui avait remis le corps de son fils à la morgue et ordonné d'aller directement au cimetière le mettre en terre. Ce qu'il avait fait avec une prière au mort lue à la sauvette par un vague imam qui hantait les lieux en quête d'actions pies à accomplir en ces temps maudits. Les jours suivants, il avait accueilli ceux qui venaient discrètement exprimer leur sympathie. Ni sa femme ni sa fille, en proie à une terreur sans nom, ne s'étaient rendu compte qu'il avait cessé de parler et de se nourrir.

Il avait aussi cessé de faire la prière. Comme si, silencieusement, il reprochait à Dieu de ne pas s'être contenté d'emporter trois de ses fils qui s'étaient faits ses soldats, mais d'y avoir rajouté le dernier qui ne demandait qu'à être oublié de lui. Et c'est sans avoir versé la moindre larme qu'il s'est éteint, allongé sur un tapis qui ne servait plus à la prière.

De sa prison, Moh Ch'hili avait veillé à ce que les "frères" assurent un revenu fixe à cette famille privée de tous ses hommes dans le saint combat pour le pouvoir. Une fois libéré, il était allé leur rendre visite et avait découvert que la mère était devenue complètement folle : elle voyait sans cesse les fantômes des siens partager sa pauvre vie. Celui de son mari, toujours silencieux, lui reprochait d'être encore en vie ; ceux de ses enfants martyrs réprouvaient sa vie de perdition. Mais le plus inquiétant était le fantôme de celui qui n'était mort pour aucune cause, si ce n'est d'être le frère des autres, et qui continuait à crier sans relâche qu'il ne voulait pas mourir.

Enfermée dans une chambre par les justiciers de la nuit avec sa fille Zoulikha, terrifiée et impuissante, elle avait entendu les suppliques stridentes de son fils qui montaient dans la nuit. "Pourquoi, pourquoi ? Je ne veux pas mourir, Yemma, je ne veux pas mourir !" Puis elle avait entendu un coup de feu, un seul, des mouvements de pas, des claquements de portes de véhicules qui se ferment, des vrombissements de moteurs, puis le silence. Et la peur !

Elle était restée avec sa fille, figée jusqu'au lever du jour, sans même se rendre compte qu'elle avait souillé ses vêtements. Elle n'avait pas non plus pris conscience que, dans les jours qui suivirent, le vieux avait pris la décision d'en finir, de renoncer à cette chienne de vie.

Elle avait pourtant continué, dans la routine du désespoir, à lui servir à manger et à reprendre les plats qu'il laissait intacts. Quand il mourut, une semaine jour pour jour après l'exécution du dernier fils, même la routine ne lui fut plus d'aucun secours. Elle ne dormait plus et ses cauchemars finirent par l'envahir nuit et jour. Quand les fantômes se dissipaient, lui revenait sans cesse le tumulte de la soirée fatale : un coup de feu, des mouvements de pas, des claquements de portes... Elle entendait aussi le bruit de sa frayeur, de sa respiration devenue sifflante et de ses narines qui se dilataient à la recherche d'un air raréfié. Elle finit par absorber un flacon d'eau de Javel et agonisa seule sur le carrelage de la cuisine, dans d'atroces douleurs.

Restée seule, Zoulikha n'hésita pas quand Moh Ch'hili lui proposa le mariage. Le quartier, terrorisé par une menace permanente, perçut cette union comme une "bonne action", un "acte de courage" inspiré d'une vieille tradition consistant à ne pas abandonner les veuves des martyrs et à les couvrir du burnous d'une mâle protection.

La réputation de Moh Ch'hili en fut renforcée, celle d'un homme fidèle à ses convictions, alors qu'il n'en avait plus depuis bien longtemps. Mais en ce printemps de la 1416e année de l'Hégire, après dix-huit mois passés en prison précédés d'une interminable semaine de tortures dans l'une des caves des hommes du général Zaâma, il apprécia que les gens du quartier considèrent son fébrile appétit pour le corps à peine nubile de Zoulikha comme un acte de foi et de fidélité.

Il en riait même : "Qu'en savent-ils, ces malheureux ? Le seul serment qu'il vaille la peine de tenir, c'est de rester en vie le plus longtemps possible et d'en profiter, intensément. Serment à Dieu ? Mais Dieu ne participe pas aux jeux des humains."

Personnage clé de la galerie des supporters du club de foot de la Nassiriya d'Alger, Mohamed Reffas était devenu pour tous Moh Ch'hili quand il organisa une descente vers le quartier voisin des Araya, où l'on supportait l'équipe rivale de la Farnassiya.

Les Farnassis venaient de remporter le derby, mais Moh Ch'hili décida que la partie n'était pas terminée. Il envoya un groupe de supporters entraînés qui encercla militairement le quartier et se livra à la destruction méthodique de tout ce qui pouvait être cassé. Devant l'ampleur des dégâts, on avait évoqué le passage d'un sirocco, un *ch'hili* dévastateur, et le surnom lui était resté. Demeuré prudemment dans la posture du général qui envoie la troupe au feu, il évita de se faire embarquer par les flics, contrairement à la vingtaine de hooligans qui firent l'expérience du tabassage en règle dans le commissariat de police avant d'être mis à l'ombre, dans la prison centrale des Quat'zhectares.

Au moment de la révolte d'octobre 1988, Moh Ch'hili était toujours un passionné de football, mais il était devenu également un trabendiste florissant. Il faisait travailler une trentaine de gars, des supporters du club, qui faisaient les "mules" pour lui et ramenaient de Marseille, de Turquie ou d'ailleurs des sacs de vêtements et des appareils électroménagers qui, mis sur le marché, lui rapportaient dix fois plus que sa mise initiale.

Quand les islamistes investirent les mosquées et commencèrent à frapper aux portes du pouvoir, il avait déjà convaincu la foule des supporters du club de déplacer une partie de leur passion vers le bon Dieu, "à inciter au bien et à pourchasser le mal". Il continuait son business, tout en organisant une petite armée de jeunes hommes qui s'étaient laissé pousser la barbe, se maquillaient les paupières au khôl et suçaient continuellement de l'écorce de noyer. Il organisa avec eux la "chasse au mal" en s'attaquant aux couples qui flirtaient dans ce qui reste des parcs publics. Ils y semèrent la terreur.

Quand le parti islamiste se lança dans la grève générale en mai 1991, Moh Ch'hili avait définitivement pris du galon. Il était l'un des grands bienfaiteurs d'une foule hétéroclite descendue des campagnes alentour pour occuper les places publiques de la capitale. "Il n'y a de Dieu que Dieu, pour cela nous vivons, pour cela nous mourrons", la proclamation de guerre et de défi allait hanter la ville. Des dizaines de milliers de jeunes, d'hommes mûrs et de femmes avaient répondu au mot d'ordre. Même des enfants étaient de la partie. Ces malheureux, à l'instar d'une population déboussolée et privée de repères, avaient perdu tout espoir hors de la religion : seul l'Islam était la justice et le droit. Pour eux, le grand jour arrivait : le parti islamiste allait les débarrasser de l'arbitraire, de la corruption et de la misère.

Les places publiques étaient devenues des lieux de happening permanent. On y lisait le Coran pour se prémunir d'une répression qui planait. Des spécialistes du désenvoûtement, la *rokia*, exorcisaient des malades en leur faisant ingurgiter une décoction incertaine sur laquelle ils avaient récité des versets idoines. L'odeur si caractéristique du musc importé d'Arabie empestait l'atmosphère. De nombreux jeunes s'étaient mis du khôl et leurs yeux se teintaient d'une brillance inquiétante. Des familles entières étaient venues des villages de la Mitidja pour défendre l'islam et les musulmans ; pour la première fois, les jeunes Algérois ne les traitèrent pas de bouseux.

Moh Ch'hili y veilla. Il s'occupa même de leur confort, comme les Ansars le firent pour les *mouhadjirounes*, les premiers fidèles, qui accompagnèrent le Prophète dans son exode. Il mit d'autorité les riches du quartier à contribution. Certains ne se firent pas prier pour se fendre de généreuses donations en investissant dans la foi et surtout en souscrivant une assurance pour le jour où les chefs barbus occuperaient les palais du pouvoir.

Le nouveau président du club, Ahmed Bouflissa, l'avait surpris en lui remettant dix millions. Il lui avait dit : "Votre fourbi ne mène à rien, mais cet argent, c'est à toi que je le donne. C'est un investissement que je fais sur toi..." Il n'avait pas tout à fait compris, mais il était flatté que le président du club lui accorde une telle attention et soutienne la grande manifestation islamiste. Puis, dans le feu de l'action en faveur des *mouhadjirounes*, il l'oublia.

Le bataillon de Moh Ch'hili avait installé sur les places de vastes tentes confectionnées avec des couvertures bariolées. Il amena des sœurs et des mères, bruyantes et enthousiastes, faire la cuisine pour ce peuple impromptu qui pensait occuper les artères menant au pouvoir. Tous les mauvais garçons du quartier étaient là, menés par Moh Ch'hili sous la haute bannière de Dieu et de son Prophète. Dont les frères de Zoulikha, sa future seconde épouse, *alias* les "frères Vespa", des habitués de la prison des Quat'zhectares. De vrais teigneux qui ne cessaient de semer la pagaille dans le quartier. Statut social oblige, ils ne pouvaient rentrer chez eux le soir sans avoir provoqué quelques bagarres.

Ils étaient trois. Moh Zlika, qui se défonçait du matin au soir au Zombretto et qui empestait tellement l'alcool à brûler que les fumeurs se tenaient prudemment à quelques pas de distance. Djemaa le balafré, qui tirait gloire de n'avoir jamais chapardé dans le quartier et qui écumait la zone des villas du Val d'Hydra ou bien celles du Panorama, au-dessus d'Hussein-Dey. Il y avait également Saïd El Bahri, le "marin", qui passait le plus clair de son temps aux Onze Blocs, à côté des docks, à la Sablette. Une bouteille de vin à portée de la main, une chique de tabac grosse comme un œuf sous les lèvres, il restait là à regarder le va-et-vient des navires en fredonnant des airs de chaâbi pleins de mélancolie.

Le soir, il rentrait en titubant. On racontait que dans un port nordique il avait été impliqué dans une sombre affaire de meurtre et qu'il avait pu rentrer au pays sans avoir à s'expliquer avec la justice des Vikings. À ceux qui lui reprochaient de gâcher sa vie dans les rochers des Onze Blocs, il répondait invariablement d'une voix nonchalante et blasée: "Normalement, je suis déjà mort. Ma vie, c'est un bénéfice inespéré."

C'était devenu toute la morale de Moh Ch'hili.

Quand l'armée barra l'accès du pouvoir aux barbus en janvier 1992, les hommes de son bataillon s'éparpillèrent entre les groupes armés de quartier qui se mirent à pousser comme des champignons. Il se garda bien d'intégrer un de ces groupes, mais il restait en contact avec beaucoup d'entre eux. C'était dans cette période trouble que beaucoup de jeunes rejoignaient les maquis pour éviter de se faire arrêter.

Moh Ch'hili s'installa en tant que fournisseur de main-d'œuvre guerrière, un service de placement de combattants. Son influence grandissant, il fut promu trésorier chargé de gérer les butins qu'il injectait dans son business. Puis, subtilement, parce qu'il avait placé beaucoup d'hommes dans différents groupes, il devint l'un des guides chargés de désigner les cibles : des parents de policiers ou de militaires, des journalistes, des femmes trop court-vêtues et même, surtout, de pacifiques croyants qui avaient le tort de bien le connaître. Il semait secrètement la mort et la terreur tout en prospérant et en affectant de partager le désarroi des gens ordinaires devant la violence bestiale qui s'abattait contre tous.

Ses recrues tombaient les unes après les autres sous les balles des policiers et des hommes des Services. Les soldats de Dieu avaient une moyenne de survie de quelques mois et ceux qui tenaient deux ans faisaient figure de vétérans. Mais malgré ses précautions, Moh savait qu'il jouait gros. Il avait des concurrents chez les islamistes armés : l'envie et la jalousie étaient des faiblesses courantes... Et comme les autres, il n'était pas à l'abri d'une dénonciation par un émir torturé ou par un agent infiltré...

Une nuit de 1993, le destin le rejoignit. Réveillé en sursaut, il ouvrit les yeux et se trouva face à des canons de kalachnikovs. Des hommes en cagoule, silencieux, avaient déjà extirpé sans bruit sa femme du lit et l'avaient confinée dans la cuisine avec les enfants. Les coups pleuvaient dru. Ils l'embarquèrent en pyjama et le jetèrent brutalement dans le coffre d'une voiture. Comprenant qu'il était aux mains des hommes du DRS, il pensa que son heure était venue et qu'ils allaient l'emmener à la Sablette, en bord de mer, là où de tout temps – en fait depuis les "crevettes Bigeard" de la guerre de libération – on retrouvait des cadavres suppliciés. Il s'était évanoui et quand il reprit conscience, il était solidement attaché à une chaise en fer. Trois hommes aux visages durs le regardaient avec une lueur mauvaise dans les yeux.

Il était prêt à dire tout ce qu'il savait, mais ils ne lui demandèrent rien. Ils entreprirent la séance. Il n'y avait pas de méthode, chacun d'entre eux choisissait le moyen qu'il jugeait approprié, le but étant de faire le plus mal possible.

Le plus grand d'entre eux s'avança vers lui, ouvrit sa braguette et se mit à lui pisser au visage. Cela dura une éternité. Ses deux collègues riaient. Ils décidèrent à leur tour de se soulager. On lui ordonna d'ouvrir la bouche. Il commença par refuser, mais un coup de barre de fer sur le genou le brisa de douleur. Il ouvrit la bouche en pleurant.

– Bois, c'est de l'eau purificatrice de Zemzem ! s'esclaffa l'un d'entre eux.

– Alors, tu es un chef? demanda le plus grand. On va voir ce que tu vaux.

Il eut beau dire qu'il était prêt à dire tout ce qu'il savait, ils lui firent subir tous les supplices : le chiffon, la bretelle, la pendaison par les pieds, la pendaison par les bras, l'écartèlement, les coups avec une fine baguette de fer sur les doigts et sur la plante des pieds qu'ils appelaient la *falaqa*.

– Je ne veux pas que tu parles ! Pas avant qu'on fasse notre boulot.

Les tortures durèrent une semaine. On l'avait empêché de dormir. Au huitième jour enfin, on lui demanda de parler. Et il se mit à table. Toutes ses mules y passèrent, puis vint le tour de nombreux innocents dont il connaissait les noms. Il mit un zèle particulier à mouiller les supporters du club adverse.

Il n'arrêtait plus de leur donner des noms, juste pour éviter de repasser à l'"atelier", comme ils appelaient la salle de tortures. Ce furent eux qui arrêtèrent le débit des révélations.

– Tu vas nous donner toute l'Algérie! avait dit le plus grand, juste pour retarder le moment de partir.

– On dirait que tu ne veux plus nous quitter? Ne t'en fais pas, nous allons t'offrir une partie de plaisir avant!

Moh Ch'hili pensait à une reprise de la séance des tortures, tandis que les trois hommes riaient aux éclats. L'un d'eux sortit et revint après un long moment accompagné d'une sorte de géant au regard torve, un mastodonte qui, d'une voix caverneuse, lança:

– Alors les gars, vous avez préparé la pute?

Ils le mirent à genoux sur la chaise en fer et lui attachèrent les mains avec des lanières en cuir. La gorge collée au dos de la chaise, il ne voyait plus ses hôtes et se préparait à recevoir les coups, il attendait la douleur. Quand il sentit le sexe du mastodonte le pénétrer, la surprise et la douleur lui coupèrent le souffle. Il en tremblait d'humiliation, mais il ne dit rien. Il se contentait d'attendre la fin du calvaire. Son attitude passive mit le colosse en colère et il le bourra de coups de poing:

– Mais elle aime ça, la femelle! Et tu voulais jouer à l'émir avec les hommes!

Quand il termina en se vidant en lui, il l'entendit dire à ses collègues:

– Voilà c'est fait, la bête est dressée, elle sera pute sur terre et dans les cieux!

– Ah oui, au paradis il n'aura pas droit aux houris vierges, il faudra que le bon Dieu lui donne une dérogation pour trouver des anges sodomites comme toi.

Ils rigolèrent longtemps en l'insultant, tandis qu'il regardait fixement un crachat sur le sol, pour ne penser à rien, pour ne plus entendre. Ils le laissèrent jusqu'au matin dans cette position inconfortable, les fesses en l'air et les genoux terriblement endoloris. Il entendait dans les cellules voisines les cris des hommes soumis à la question. Il n'avait aucune notion de l'heure, mais il supposa que le jour était levé quand on le détacha.

Ils lui remirent son pyjama et lui demandèrent de se rhabiller, ce qu'il fit avec empressement. En cachant sa nudité, il se sentait un peu moins humilié.

– Bon, maintenant que tu nous as tout dit, que nous t'avons baisé jusqu'à l'os, qu'allons-nous faire de toi ?

Il se contenta de regarder fixement le préposé à la question, les yeux écarquillés. Il pensait que l'heure de la mort avait sonné…

– J'attends une réponse !

– Il en sera ce que Dieu aura voulu.

– Ah bon, tu penses vraiment que c'est Dieu qui décide ? À cet instant, je te demande de choisir : de qui dépendent ta vie et ta mort, de Dieu ou de moi ?

Moh Ch'hili céda sans hésitation et il en fut surpris lui-même :

– De toi !

– Qui est Dieu ?

– Toi.

– Enfoiré, fils de pute ! Tu ne vaux vraiment pas cher ! Eh bien, Dieu a décidé que tu vas mourir. Je ne gâcherai pas une balle pour toi, on va te découper en morceaux. Allez, embarquez-moi, cette saleté !

Moh Ch'hili avait uriné dans son pyjama quand on le jeta à nouveau dans le coffre d'une voiture banalisée. Il imaginait qu'on allait l'emmener en bord de mer, à la Sablette ou dans un quartier chaud, et qu'au matin les gens allaient découvrir sa tête sur un piquet. De frayeur, il perdit connaissance.

Quand ses yeux s'ouvrirent, ils ne virent pas Dieu, mais Bouflissa. Il souriait.

– Je veille sur mes investissements, dit-il. Il lui expliqua qu'il lui avait sauvé la vie, mais qu'il ne pouvait pas le faire relâcher : tes copains te tueraient.

Dieu-Bouflissa énuméra ensuite les étapes à venir : il aurait un procès, il irait en prison, il continuerait d'être un islamiste, il se rapprocherait des chefs de groupes, il continuerait à être actif dans la lutte contre le *taghout*, le tyran. Mais ce serait lui, Bouflissa, qui contrôlerait le jeu, qui lui indiquerait la marche à suivre.

Moh Ch'hili passa en cour spéciale. Juridiquement son dossier était "techniquement vide", comme le disait sincèrement son avocat, mais il écopa de dix-huit mois de prison. Quelques journalistes privilégiés évoquèrent, à la surprise générale, le récit des tortures qu'il avait subies au cours du procès, y compris le viol. On l'envoya en prison, où il arriva auréolé d'une image de résistant, et se retrouva naturellement dans le cercle informel des chefs de l'intérieur.

Les hommes de Zaâma évitèrent une exploitation immédiate des informations qu'il avait livrées. Ils en étalèrent le traitement – liquidation, retournement, intoxication – sur plusieurs mois et personne dans la nébuleuse n'établit de relation entre les journées qu'il avait passées entre les mains des hommes de Zaâma et la série d'événements qui eurent lieu dans l'année qui suivit : chute de plusieurs émirs, batailles sanglantes entre groupes armés, morts étranges de gens qui ne se mêlaient de rien, sauf peut-être de football.

À sa sortie de prison, Moh Ch'hili était plus que jamais un homme important. Mais son Dieu du moment, c'était Bouflissa. Et Dieu-Bouflissa s'occupa sérieusement de sa recrue. Il en fit un homme riche et Moh Ch'hili lui rendit ses bienfaits au centuple en mettant les guerriers barbus à son service. Les "maquisards" du quartier se mirent à liquider des gens sans rime ni raison et participèrent à de sanglants massacres – qui contribuèrent à donner son nom à la "décennie rouge".

Moh Ch'hili, ci-devant supporter de club de foot et militant islamiste, avait parfaitement intégré la pédagogie de Bouflissa. Il avait précisément compris que celui-ci était l'interface des hommes du pouvoir réel, la main manucurée de la mort qui surgit de l'ombre, l'exécuteur policé des œuvres civiles du général Zaâma, sa façade sociale.

Mais de cela, Moh Ch'hili s'en fichait comme d'une guigne : il était vivant, riche, et disposait d'un harem à sa mesure. Même s'il avait été violé, offense suprême, la SM dans sa grande mansuétude ne l'avait pas castré. Ce traitement définitif, il en connaissait qui l'avaient subi et qui n'étaient plus que des ombres sur terre. Il en avait réchappé et, de fait, il avait pris du grade, les flics le reconnaissaient pour l'un des leurs : ça valait bien un instant de douleur et d'humiliation. Après tout, eux aussi avaient connu l'initiation : pour faire partie de la secte, il fallait connaître au préalable l'avilissement. C'était le prix à payer, le rite de passage pour basculer dans le camp de ceux qui dirigent le pays.

Sa religion était définitivement faite : si Dieu permet tout cela, c'est qu'Il s'en fiche… divinement. Il ne serait pas plus royaliste que le roi, il garderait la très utile défroque du croyant patenté et jetterait la foi aux orties. Sans le savoir, il en était arrivé à la même conclusion que Hassan Es-Sabbah, le Vieux de la Montagne, le grand précurseur qui avait confié avant de mourir : "Rien n'est vrai, tout est permis !"

6

Le cœur serré par un vague pressentiment, Zine Fertasse ne regardait plus le film pornographique destiné à ranimer une libido mise à mal par les exigences acrobatiques de Fifi, connue sous le nom d'El-Djrana – la Grenouille – dans les différents salons du pouvoir.

Depuis une dizaine de minutes, insensible aux soupirs qui sourdaient de la télévision, il lorgnait avec une fixité douloureuse son costume et sa chemise sagement posés sur un fauteuil. Il était sans armure, à cent lieues de l'austérité bureaucratique qu'il affectait dans l'exercice de ses fonctions de ministre de l'Argent et de membre influent du bureau politique du Front national pour la culture démocratique, le FNCD, l'un des partis façonnés par la SM pour décorer la "façade démocratique" de son pouvoir de l'ombre.

Pour faire plaisir à Fifi, il s'était mis en string léopard. Mais aujourd'hui, en dépit de ses efforts et de la pilule miracle, il ne parvenait pas à aller jusqu'au bout. Après une troisième tentative infructueuse, elle avait décrété que la défaillance de Fertasse était sérieuse et en tout cas sans espoir pour la soirée. Elle s'était extirpée du divan en lançant, fataliste ou réaliste, un classique : "Ce sont des choses qui arrivent", et se dirigea vers la salle de bains.

Fertasse n'était pas vraiment catastrophé par sa panne, cela lui était déjà arrivé. Une drôle de bonne femme, cette Fifi ! Elle était devenue sa régulière du vendredi. Il n'avait d'ailleurs rien fait pour ça, c'était elle qui s'était chargée de le draguer dans une réception vaguement artistique, où la nomenklatura essayait de faire dans le culturel, comme ses homologues du Nord civilisé. Elle lui avait demandé de la raccompagner, puis elle l'avait invité pour un dernier verre. Et depuis, ils avaient leur "vendredi saint", comme elle disait en ouvrant tout grands ses yeux globuleux qui lui avaient valu ce surnom de Grenouille.

Fifi ne l'attirait pas vraiment – il avait des préférences autrement plus sophistiquées et diversifiées –, mais il avait facilement succombé à ses avances. Elle était en effet la fille adorée du puissant général Lahnèche, le patron fort discret de la Sécurité militaire. "Qui détient l'information détient le pouvoir." Zine Fertasse appliquait à la lettre cet axiome pour se maintenir près des cimes du pouvoir, ce qui lui procurait un plaisir autrement plus intense que les volumineux appâts de Fifi.

La Grenouille était une mine d'informations sans pareille et elle pouvait être une alliée utile en ces temps instables. Son grand chef de père avait en effet des réactions imprévisibles, à la grande différence de cette rivière tranquille qu'était Si Lamine, et il convenait d'être constamment sur la brèche pour ne pas en faire les frais.

D'ailleurs, c'était ce souci qui l'avait déconcentré pour les ébats de ce vendredi saint : il était sûr désormais que Si Lamine apportait son parrainage au projet de la banque Oulmène ; il devait agir en conséquence, mais il ne savait pas ce qu'en pensait le grand chef Lahnèche. Le doute le torturait et, en attendant de trancher, il avait émis des signaux vers Si Lamine pour l'informer que le blocage venait de la Banque centrale, qu'une loi incongrue avait rendue indépendante.

Fifi, en jasant, lui avait souvent rapporté des informations et des cancans qui lui avaient permis de prendre les décisions opportunes. Récemment divorcée d'un quatrième mari – elle disait fièrement qu'elle avait réalisé "ce que la charia autorise aux hommes" –, Fifi collectionnait les amants et passait des heures entières avec des amies et des voisines à en comparer les prouesses et les faiblesses. La note de Zine Fertasse n'était pas fameuse. Pour Fifi, il n'avait de qualité que d'être ministre du fric. Ce n'était pas un cadeau : question érotisme, c'était plutôt un bavard, un poussif sans génie. Il faisait ce qu'il pouvait dans un registre où l'expérience ne compense pas les avanies de l'âge, ou le verbe ne supplantera jamais l'action.

Mais il était gentil et Fifi l'aimait bien. Il lui facilitait la vie avec les banques publiques pour obtenir les avances de fonds nécessaires à ses affaires d'importation et de distribution de parfums et de produits de beauté. Grâce à l'aimable intervention de son aimable vieil amant, ses sociétés tenues par des hommes de paille, certains testés au lit avant d'être bombardés directeurs, ne remboursaient pas les crédits, et pour cause… Immanquablement, une fois l'importation réalisée et les produits vendus, ces sociétés faisaient faillite et se retrouvaient de surcroît soustraites à l'impôt. Et les banques comme les services des impôts relevaient de l'autorité directe de Zine Fertasse.

Tout le monde y trouvait son compte, Fifi ne déboursait pas un sou, elle engrangeait des bénéfices d'autant plus substantiels que les parfums "français" qu'elle vendait étaient essentiellement fabriqués à Bangalore (Inde) en respectant strictement le conditionnement luxueux des originaux hexagonaux ; tout ce qu'il y avait dans les élégants flacons n'avait qu'une lointaine parenté avec les fragrances parisiennes. Mais qui s'en apercevait ? Certainement pas ces mauresques incultes en veine de coquetterie que Fifi et ses copines tournaient en dérision, elles qui appartenaient à la vraie élite habituée des boutiques de l'avenue Montaigne à Paris.

Fifi, moins tracassée que Fertasse accablé par ses incertitudes, se refaisait une beauté en sifflotant dans la salle de bains. Un travail lent et savant auquel elle prenait plaisir. Fertasse, qui suivait d'un œil vague l'activité d'un acteur porno italien aux mensurations inhumaines, sursauta à sa question :

– Tu connais ce jeune Oulmène ?

Si tu savais ! pensa-t-il, troublé qu'elle aborde le sujet qui occupait son esprit depuis des semaines. Oulmène, Oulmène… Il n'entendait que cela dans les cénacles qu'il fréquentait, chez Si Lamine comme dans des articles de journaux dénonçant la médiocrité d'une administration qui bloquait l'élan d'une "aventure prometteuse". Lui savait, pour avoir étudié le dossier, que techniquement, c'était fumées et miroirs, du toc… Mais en cette bizarre contrée, cela n'était pas une raison suffisante.

– Tu ne m'entends pas ? croassa Fifi.

– Si, si, je le connais un peu. Il vient de déposer une demande de licence pour une banque privée auprès de la Banque centrale nationale, on en parle beaucoup… Pourquoi me poses-tu cette question ?

Le ton faussement badin de Fifi la Grenouille l'avait alerté. Il était totalement concentré, convaincu qu'un message sous forme de papotages anodins lui était adressé.

– Tu sais, mon père en parlait hier au dîner avec Zoubir Bernous. Il en disait le plus grand bien. Il paraît qu'il a des introductions internationales au plus haut niveau et que ça serait bien qu'il soit soutenu par les cadres du pays.

– Le connaît-il personnellement ?

– Il a connu son père qui était un grand patriote, mais le jeune Oulmène a des qualités. Il a de l'entregent, il connaît des actrices, des chanteurs, des ministres français. C'est un projet de milliardaire de la jet-set, il a des entrées partout en Europe, dans le monde du sport, de la politique et des arts… des actrices…

Zine Fertasse était en émoi, son teint avait pris une couleur de cendre. Ces actrices, il s'en tapait, avec leurs visages plus fréquemment liftés qu'il n'y avait de couches de peinture sur les murs de la Grande Poste… Ce qui l'accablait, c'était la référence à ce Bernous, ministre des Transports et du Négoce. Il ne l'aimait pas, c'était un concurrent, même s'ils étaient ensemble au gouvernement. Bernous avait déjà l'oreille de Si Lamine et voilà qu'il le découvrait partageant la table du très sélectif généralissime Lahnèche, papa de la Grenouille…

La fulgurante ascension de Bernous écœurait Fertasse. Prétendument islamiste moderne parce qu'il portait des costumes croisés plutôt que la gandoura version saoudienne, Bernous avait joué les chroniqueurs dans un hebdomadaire public au temps du parti unique, où il épanchait son mépris de la populace : il soutenait que les élites devaient réduire les gueux au silence et les mener à la trique, seul langage adapté à des "infrahumains". Ses écrits, publiés en pleine période du socialisme spécifique irréversible, juste avant les émeutes d'octobre 1988, avaient alors comblé d'aise Si Lamine, qui voyait dans les Algérois l'exemple même de la foule à mater.

Mais derrière ces écrits théoriques se profilaient des attaques pernicieuses contre les clans hostiles au général Lamine Boutramine, qui profitaient de la montée du mécontentement social pour tenter de le déstabiliser. Certains affirmaient – sans preuves – que Bernous faisait partie de la discrète mais néanmoins très influente zaouïa Qadoussiya, dont Si Lamine était un des grands chanceliers. Plus vraisemblablement, ce furent ses talents de polémiste qui attirèrent l'attention de ce dernier, modèle absolu du pouvoir muet qui parle au mieux par onomatopées ou à coups de revolver. Bernous lança même un parti politique après les émeutes d'octobre et fit de l'"opposition" en se prononçant mollement contre le coup d'État qui arrêta les barbus. Mais il se rallia vite au pouvoir en dénonçant les islamistes comme une plèbe détestable, des gens de peu qu'il s'agissait de faire taire. Depuis, Bernous avait le pied à l'étrier et vivait avec bonheur son accession à la stratosphère politique.

Zine Fertasse, qui avait eu un parcours plus classique avec passage par la direction des affaires économiques du parti unique (où il était radicalement socialiste, avant d'aller se reposer dans des représentations extérieures puis dans un poste tranquille à la Banque mondiale), voyait en Bernous un intrus et un rival. Pour lui, le fait que celui-ci se fasse le défenseur d'Oulmène auprès des chefs n'avait pas d'autre signification que de lui miner le terrain. Plus besoin d'attendre, il allait ordonner à Tchabtchak, le patron de la Banque centrale, d'accélérer le mouvement.

Puis il pensa à Fifi : elle attendait sa réponse et il était sûr qu'elle serait diffusée là où il fallait.

– Je l'apprécie beaucoup et nous avons décidé d'alléger les formalités afin d'obtenir rapidement l'agrément pour sa banque ! Nous allons faire très vite, malgré les réticences du président de la Banque centrale nationale !

Fertasse aurait aimé en dire davantage, en rajouter sur les qualités du jeune Oulmène, symbole d'une Algérie en mouvement, d'une Algérie qui gagne, mais le string trop serré le gênait aux entournures…

Et Fifi, qui avait déjà revêtu son tailleur strict, le visage totalement restauré, était subitement pressée de sortir. Elle déposa un baiser sur le front ministériel et lança un regard amusé à la télévision, où l'acteur italien redoublait d'enthousiasme :

– Ah, mais il est déchaîné ce type, dit-elle en riant. Chéri, j'ai un rendez-vous, on se voit vendredi, n'oublie pas de fermer derrière toi.

Quelques instants plus tard, il ne restait plus dans l'air que son parfum, du vrai Balmain, pas le succédané incertain qu'elle revendait au pays. Zine Fertasse soupira en éteignant le téléviseur, puis troqua son string léopard contre un sous-vêtement plus confortable et enfila son costume trois pièces. À son apparition au bas de l'immeuble, son chauffeur ouvrit la portière de la voiture noire. Le ministre de l'Argent avait réintégré son armure.

7

L'odeur chaude et appétissante de la galette se mêla à son rêve. Il était avec le *hakim*, le docteur ; celui-ci ne disait rien, mais il avait le visage torturé, bouleversé. Comme ce fameux jour !

Abou Nihaya émergea totalement de son rêve. Le *hakim*, ce toubib qu'il avait aimé plus que son frère, plus que sa mère même, hantait ses demi-sommeils. Il se réveilla complètement, contourna la cabane et alla vers la source où il procéda aux ablutions rituelles. Il se dirigea ensuite vers le petit promontoire, à droite de la cabane, où l'on avait une vue nette et panoramique de la ville d'Alger.

Il accomplit la prière surérogatoire, puis celle du *fadjr*. Il l'accomplissait en s'astreignant, comme il l'expliquait à ses hommes, à une présence du cœur. "La prière doit être pour Allah, et lui seul, et nous devons chasser toutes les pensées qui viendraient perturber ce lien exclusif." Il continuait à prêcher cette discipline mentale à ses hommes, mais cela faisait longtemps, depuis le départ du *hakim* précisément, qu'il n'arrivait plus à s'y astreindre.

Cela faisait des années qu'il régnait sur cette portion de montagnes, guidant ses hommes dans les chemins de la survie en échappant aux attaques des forces gouvernementales et aux inexplicables délires de sang, de folie et de meurtre des groupes armés.

Toute sa vie, il avait été en état de guerre. Contre lui-même, contre les autres. Contre tout le monde. Sa carrière de militaire s'était interrompue le jour où, excédé par les insultes et les sarcasmes d'un officier, il l'avait passé à tabac. Pendant un quart d'heure, il s'était acharné contre lui, fracassant les deux bras et une jambe de l'officier plein de morgue. Il était décidé à le "finir", mais les autres soldats, soucieux d'éviter une accusation de complicité, l'avaient arrêté à coups de crosse et de rangers.

Au tribunal militaire, le sergent-instructeur Hassan Nedjar refusa de s'expliquer. L'avocat commis d'office ne savait comment défendre cet homme qui avait décidément fait vœu de mutisme. Il écopa de deux ans de prison. L'armée veilla à ce que ce séjour dans ses geôles ne fût pas de tout repos : il eut le monopole des corvées. Pendant ces deux années, il serra les dents. Seule la lecture du Coran lui permit d'échapper à la démence, le Livre exaltait la patience et galvanisait l'endurance : Hassan Nedjar avait trouvé la foi et une cause.

Six mois après sa sortie, il rejoignit le Pakistan après un pèlerinage à La Mecque. Il espérait rejoindre l'Afghanistan pour faire le coup de feu contre les Soviets, mais il se retrouva dans un camp des zones tribales au nord-ouest du Pakistan, balayé par le vent et la poussière : la mystérieuse direction qui s'occupait des combattants arabes avait décidé que son expérience dans l'armée le destinait à être un instructeur militaire.

Dans ce camp qui fut son horizon pendant de longues années, il en avait vu passer, des Maghrébins... Des jeunes hommes imberbes, souvent de peu d'instruction, enrôlés dans une guerre qui leur paraissait, à l'époque du moins, dépourvue d'ambiguïté : le bien contre le mal, l'islam contre le communisme athée. L'ex-sous-officier eut même la surprise de retrouver quelques anciens militaires algériens dont rien ne présageait qu'ils sortiraient un jour des rangs. Des questions à leur sujet, il s'en posa, mais bien plus tard : étaient-ils ou non en service commandé, pour quelle cause avaient-ils abouti dans ces contrées inhospitalières ?

À cette époque, il s'en moquait. Il ne désespérait pas de rejoindre les montagnes afghanes et il était bien placé pour savoir qu'on n'en revenait pas souvent. Le pire serait d'en revenir en morceaux. Mais ce vœu ne se réalisa jamais. Ses qualités d'instructeur le fixèrent dans ce trou perdu du Waziristan pakistanais, où la religiosité puissante se conjuguait au négoce. Il s'était fondu dans le décor, observant avec rigueur les rituels religieux, évitant de se mêler des ténébreuses divisions afghanes, s'abstenant également de s'afficher avec des Arabes méprisants à l'égard de l'inculture religieuse des autochtones. Cette distance inspira un respect général et la réputation du *moalim* – l'instructeur, c'est ainsi qu'on l'appelait là-bas – déborda jusqu'aux montagnes afghanes qu'il pourvoyait en guerriers.

Il eut en définitive deux épouses. La fille d'un vénérable imam du village voisin de son "école militaire" qui voulait à tout prix "s'honorer de l'alliance du *moalim*". Ensuite, son épouse pakistanaise, pieuse et très active dans les réseaux caritatifs, lui amena une jeune réfugiée afghane, sans père ni frère, et lui demanda sans la moindre gêne de la prendre comme seconde épouse. Ce qu'il fit sans discuter. Le père de la Pakistanaise se chargea de la lecture des formules rituelles du mariage.

Abou Nihaya partagea ensuite avec les deux femmes plusieurs années de vie commune sans vrais échanges de paroles : elles ne parlaient pas l'arabe et ne lui avaient enseigné que quelques mots usuels du dialecte local. L'une et l'autre vivaient dans une complicité totale et souvent, en entendant leurs rires contenus, il se demandait si elles ne se payaient pas sa tête. Elles organisèrent en tout cas la vie conjugale. Il n'eut pas à décider laquelle partagerait sa couche, ce furent elles qui se chargèrent d'organiser l'alternance.

Combien leur avait-il fait d'enfants ? Cinq, six, il ne s'en souvenait pas avec certitude. Elles l'avaient aussi déchargé de l'obligation de suivre sa progéniture, elles s'en chargeaient toutes les deux avec une égale abnégation. Il était hors du temps.

Bien qu'il ne se mêlât jamais des intrigues afghanes, un jour, des hommes de l'ISI, les services secrets pakistanais, commencèrent à s'intéresser à lui. Il savait que l'ISI manipulait beaucoup de monde et qu'il jouait une obscure partition dans la clarté de la guerre anticommuniste. Les services secrets voulaient de toute évidence le recruter. Il déclina poliment à plusieurs reprises les invitations "amicales" d'officiers pakistanais. Quand, à bout d'arguments, il les envoya promener, l'un des agents évoqua, dans un arabe approximatif, la possibilité de le renvoyer en Algérie.

Il s'en ouvrit à son beau-père d'imam. Deux jours plus tard, sans lui donner d'explications, l'imam lui dit qu'il était temps pour lui de quitter les lieux: "Peu importe où tu iras, fils, l'essentiel est que tu le fasses de toi-même, sans attendre." Son beau-père pakistanais fit bien les choses. Il lui procura deux passeports en règle, l'un tunisien, l'autre marocain, et un peu d'argent.

Le *moalim* s'était rasé la barbe et coupé les cheveux, avait troqué sa tenue afghane pour un costume et avait emprunté en solitaire un circuit compliqué pour revenir au pays. Il utilisa le passeport tunisien pour se rendre à Djeddah et de là à Damas. C'est encore avec son passeport tunisien qu'il prit un vol pour Tunis et franchit les contrôles de police avec le document marocain. Il joua au touriste pendant une quinzaine de jours pour tromper la vigilance d'une police tunisienne aux aguets et particulièrement suspicieuse.

Être marocain était cependant moins risqué que d'être algérien dans ce pays prétendument frère. Il prépara avec minutie son retour chez lui en empruntant la voie sûre des contrebandiers. Il savait que les autorités arrêtaient systématiquement ceux qui revenaient d'Afghanistan. Il fallait les débriefer, sonder leurs intentions et éventuellement les enrôler. Il connaissait la maison, son fonctionnement et ses traditions.

Il trouva le pays changé. Pas en mieux. Les gens étaient sur les nerfs et les mosquées bouillonnaient. Il fut rapidement rebuté par ce parti islamiste naissant, trop impétueux et ouvert à tous vents. Plus que son statut de clandestin, c'est sa méfiance et sa fatigue qui le poussèrent à se tenir à l'écart. Il avait décidé de construire une vie paisible hors de la ville et de ses turpitudes. Il rendit visite, de nuit, à sa mère et à ses jeunes frères, il les tranquillisa et disparut avant l'aube.

Le lendemain, en fin de matinée, il retrouva avec enchantement les hauteurs de Sakamody. La vieille chaumière familiale à l'abandon avait pris un sérieux coup, mais l'ampleur de la tâche le galvanisa. Il la retapa et se remit à labourer le petit lopin familial délaissé. Toute la montagne était d'ailleurs à l'abandon. Les pans de terres cultivés dans le passé avaient été envahis par les mauvaises herbes. Les lentisques qui délimitaient les champs avaient proliféré et couvraient maintenant les territoires destinés autrefois aux oignons, aux poivrons, aux petits pois et aux tomates. Sur les figuiers et les grenadiers, les fruits qui n'étaient pas tombés pourrissaient sur les branches.

Quel gâchis ! C'est ce qu'il se dit au début. Mais rapidement il s'en consola. L'isolement du lieu et sa luxuriance le changeaient de la poussière jaune et de la terre rocheuse de la frontière pakistano-afghane. Il respirait un air pur. Il redécouvrait sa terre. Les souvenirs d'une enfance remontaient, lumineux. Dans son exploration de la montagne, il découvrit plusieurs jours plus tard qu'il n'était pas seul.

À deux kilomètres de sa demeure, cachée par une petite surélévation touffue, il retrouva la maison de Kheira, la folle. Elle était toujours là. Elle avait pris de l'âge, mais elle demeurait robuste et vaillante. Son mari, qui lui avait donné un fils, avait été tué par les parachutistes français. Elle-même avait été très active pendant la guerre. Elle avait été un agent de liaison et revenait avec témérité dans la montagne qui avait été déclarée zone interdite par l'armée coloniale. Dénoncée, elle avait subi des tortures éprouvantes et seule la pensée de son fils, alors âgé de trois ans, la retint de sombrer complètement dans la folie.

À l'Indépendance, libérée des geôles françaises, elle s'était établie en ville pour élever son fils. Elle faisait de grands projets pour lui, elle le voyait médecin dans un hôpital de la grande ville. Trois mois plus tard, le petit Mohamed tomba raide mort alors qu'il jouait au football: le cœur avait brutalement flanché. Elle sombra alors vraiment dans la folie, accusa tout le monde d'avoir jeté un sort à son fils, de l'avoir empoisonné. Elle errait dans la ville, le visage vide, les yeux éteints.

Elle dévisageait parfois les autres enfants avec une telle intensité qu'elle les faisait fuir, sans savoir ce qu'elle avait pu commettre pour susciter une telle vengeance... Était-ce pour avoir lancé des pierres à des harkis vaincus, embarqués sous escorte dans des camions par des militaires français? Elle se souvenait de leurs visages marqués, de ces regards de bêtes traquées. Elle avait eu un moment de compassion qu'elle avait immédiatement contenu à la pensée de son mari tué, du supplétif musulman qui participait aux tortures.

– Allez au diable, que la malédiction vous accompagne jusqu'à la fin des temps, avait-elle maugréé. Elle n'avait pas esquissé un geste quand les gosses se mirent à bombarder les harkis de pierres. Elle s'était éloignée avec au fond du cœur un sentiment proche de la honte. L'image de ces visages, semblables au sien, de ces hommes embarqués avec femmes et enfants qui ne levaient même pas les bras pour se protéger des projectiles, l'avait hantée pendant des jours. Elle s'en était souvenue dans ses moments de détresse. Était-elle punie pour son manque de compassion? Elle se le demandait tout en estimant que cela était injuste.

Où était-ce ces moudjahidin tués par leurs frères pour rien, pour un simple soupçon; ces crimes que l'on évitait d'évoquer, même entre membres d'une même famille, même quand la victime était un proche? Ces années-là avaient tant durci les cœurs! Elle divaguait dans les rues, inconsolable, cherchant en elle les raisons de la punition divine.

Puis, un jour, elle regagna son petit appartement, emballa quelques effets, donna la clé au voisin et reprit le chemin de la montagne – au moment où les gens en descendaient, attirés par les mirages de la ville. Elle se retrouva seule dans la montagne, réoccupa sa maison, reconstitua un troupeau à partir de sa pension de veuve de guerre. Elle parlait à ses deux vaches, aux moutons, à chacun elle attribua un nom. Elle fit renaître le jardin potager.

Elle ne voulait plus rien de la ville. Ses neveux et nièces lui rendirent visite des mois plus tard. Troublés par une montagne vide qu'ils imaginaient peuplée de loups et de mauvais génies, par le dénuement dans lequel elle vivait, ils tentèrent de la ramener. Elle refusa avec douceur, mais de manière catégorique. L'un d'eux avait apporté une petite radio à pile qu'il lui abandonna. "Au moins tu sauras ce qui se passe en bas", lui avait-il dit. Ce fut la seule concession qu'elle fit au monde. La radio. La boîte à paroles, sa compagne de solitude !

La seule chose qu'elle demanda par la suite aux rares visiteurs qui passaient de temps à autre pour s'assurer qu'elle était encore vivante était de lui apporter des piles. Autant qu'ils pouvaient en acheter. Pendant des années, elle vécut seule. Elle ne bougeait pas de la montagne, elle avait donné procuration à un parent pour retirer l'argent de la pension. Celui-ci lui procurait ce qu'elle ne pouvait planter ou fabriquer de ses mains : du café, du sucre, du savon, des piles et encore des piles...

Un mauvais jour, pour d'inextricables raisons bureaucratiques, on cessa de lui verser sa pension. Elle descendit alors à la ville armée d'un gourdin. Elle prit le chemin de la mairie, brandit son bâton à la face des gardiens qui voulaient l'empêcher d'y pénétrer. Elle força le bureau du maire, un maquisard qu'elle avait nourri et caché durant la guerre, là-bas, chez elle dans la montagne.

– Kheira, ma sœur... avait commencé le maire.

Elle avait brandi son gourdin :

– Je ne suis pas la sœur de ceux qui trahissent le sang et le sel.

Et elle repartit. Le maire qui régnait en vrai potentat en fut offensé. Devant les subalternes consternés, il leva les bras au ciel :

– La pauvre, elle n'a plus sa tête.

Trois jours plus tard, la pension arrivait et le parent reprit les approvisionnements ; elle n'éprouva plus le besoin de redescendre.

Quand, parfois, l'envie de parler à des gens devenait pressante, elle prenait un petit sac de noix et s'enfonçait, d'un pas alerte, sur près de cinq kilomètres vers l'autre versant de la montagne, vers le hameau de Ouled Lahmar. Une centaine de personnes venues des mornes plaines de M'sila, des *gu'bala*, des montagnards de Sidi Hadjérès, comme on les appelait, s'y étaient installés depuis trois générations. Sa venue provoquait la joie des enfants à qui elle offrait des fruits et, parfois, quand on lui en avait rapporté de la ville, des barres de chocolat noir. Elle parlait aux hommes et aux femmes. Elle venait le matin et repartait après un déjeuner frugal, ayant pris sa dose de contacts humains pour de longues semaines.

Elle était occupée à irriguer un carré de tomates quand elle le vit approcher. Elle se redressa, s'appuya sur la bêche qu'elle utilisait pour canaliser l'eau qui descendait de la source. Elle considéra avec méfiance cet homme de forte taille dont les cheveux viraient au roux. Ils lui étaient vaguement familiers, ce nez légèrement aplati, ces lèvres labiles et ce visage constellé de taches de rousseurs.

– Paix sur toi, tante Kheira !

– Je ne sais pas si tu viens en paix, qui es-tu, qu'est-ce qui t'amène ?

– Je suis le fils de Larbi, votre voisin.

– Oui, je me suis bien dit que tu me rappelais quelqu'un. Mais tu ne m'as pas dit ce que tu venais faire ici. Tu es en fuite ? Le gouvernement en a après toi ?

Il sourit en pensant que pour une personne censée être dérangée, elle ne manquait pas de perspicacité.

– Je ne suis pas en fuite, j'en avais assez de la ville, alors je suis revenu habiter notre maison.

Elle ne dit rien pendant longtemps puis se mit à parler de Larbi, le rouquin, son père :

– Un homme tranquille en apparence, mais dedans c'était le feu, la braise. On ne l'entendait jamais élever la voix, ce n'est que ta mère qu'on entendait parler. Lui, il trimait en silence. Et quand il était fatigué, il s'asseyait longuement sous le grand olivier. Tu sais, celui qui est juste en bas de chez vous. Ici, on l'appelait l'olivier de Larbi. C'est à cet arbre que les soldats de la France l'ont pendu. C'était durant la première année de la guerre. Ton père, que Dieu le garde, a surpris tout le monde en devenant le premier homme à prendre les armes. On a découvert qu'il était depuis longtemps dans l'organisation.

"Comment a-t-il fait, lui qui ne quittait jamais la montagne ? Dieu seul le sait ! Au début, il a fait la guerre tout seul, avec un fusil à deux coups. Ensuite, il a été rejoint par des hommes de la ville. Nos hommes, ceux de la montagne, ont suivi. Un jour, je crois que c'était trois ou quatre mois après le début de la guerre, il a été ramené par les bérets rouges. Il était en sang. Ils le battaient. Ils l'ont torturé pendant des heures sous l'olivier.

"Ils voulaient connaître l'emplacement des casemates. Mais ton père n'a pas parlé durant sa vie, il n'a pas parlé devant la mort. C'est lui qui a fatigué les soldats et ils ont fini par le pendre à son olivier. Nous l'avons enterré là, sous cet arbre même. Il y est toujours. Il y a des années, ceux de la ville ont voulu l'exhumer pour le mettre dans le cimetière des martyrs. Je les ai empêchés. C'était la place qu'il aimait et quand je passe près de cet olivier, je parle avec lui. Toi, tu es Hassan, le plus jeune, n'est-ce pas ? Ton père était un homme de bien, je ne sais pas si tu l'es toi aussi ou si tu apportes avec toi le mal qui ronge les gens de la ville."

Elle se remit à sa besogne, fatiguée d'avoir tant parlé, lui signifiant sans rémission que la discussion était terminée. C'était il y a déjà longtemps, avant le putsch de janvier 1992, avant que les maquis oublient son prénom pour ne connaître que son nom de guerre : Abou Nihaya.

8

Grand délit ! C'est ce qu'il se dit au milieu de sa prière, reprenant la version tronquée, en usage chez les jeunes, de la formule “flagrant délit”. Son esprit avait divagué à l'évocation des événements passés, mettant à mal la concentration exclusive sur Dieu qui conférait son caractère spirituel à l'exercice. Il tenta de se reprendre et ne fit qu'expédier la prière à la va-vite, comme s'il s'agissait de prendre de vitesse des pensées qui se bousculaient sans ordre apparent, s'étalant dans une géographie tumultueuse qui allait d'Alger aux portes de l'Hindou-Kouch, en passant par le bouillonnement secret des banlieues de Ryadh.

Mais l'image du *hakim* et les paroles de Kheira aux mains calleuses, son odeur de sueur et de terre accompagnaient ses génuflexions et l'envahissaient littéralement quand il retournait vers le sol pour la prosternation. Avait-il “apporté le mal”, comme semblait le craindre Kheira ? La question avait torturé son ami, son frère, le *hakim*. Il y avait répondu de manière irrémédiable. Tout aurait-il pris une autre tournure dans cette montagne, désormais totalement vide, s'il n'avait pas débarqué ce jour en quête de retraite ? Il ne le croyait pas.

“Non, le mal était déjà là, se mêlant à l'air que les gens respiraient, aux gestes qu'ils accomplissaient, à leur quête vaine de salut. Le mal était là, tapi dans les cœurs, comme une tumeur dont ils n'arrivaient pas à trouver le remède. Sans s'en rendre compte, les gens se sont mis à mettre en pratique ce que la sagesse divine les prévenait de faire : guérir un mal par un mal plus grand encore. Chacun croyait dur comme fer faire le bien, mais le démon sait se camoufler dans la noblesse du cœur, dans ses élans de générosité. Ce vieux compagnon a toujours été un intime, il sait se jouer des passions, il sait conduire aux ténèbres en pleine lumière. Non, ce n'est pas lui qui avait apporté le mal, il serait venu sans moi. Il est venu à moi, il était même déjà là. Le *hakim* n'aurait pas dû..."

Abou Nihaya secoua la tête. Il termina une prière qui dura plus longtemps que prévu en récitant la *chahada*, la profession de foi rituelle.

Il revint vers la cabane encore parfumée de l'odeur chaude de la galette. Il aperçut au sommet de la colline, à une centaine de mètres, l'homme de guet, figé comme une statue, les yeux rivés vers le chemin tortueux qui descendait de la colline d'en face pour déboucher dans l'oued. Il ne se souciait pas de ce qui pouvait venir de derrière, d'autres hommes surveillaient le versant sud qui s'enfonçait de manière vertigineuse avant de remonter de l'autre coté, vers le douar des Ouled Lahmar – "ce qui fut le douar des Ouled Lahmar", rectifia dans sa tête Abou Nihaya en vérifiant qu'à l'est de la cabane, l'homme de garde ne s'était pas assoupi ou ne s'était pas laissé distraire. Il était bien là.

Dans la petite cour, quatre hommes mangeaient en silence et sirotaient un thé à la menthe dont l'odeur lui titilla les narines. Certains des hommes étaient passés par son camp d'instruction aux portes de l'Afghanistan. Ils en étaient revenus entiers, mais ils avaient laissé beaucoup de copains dans la guerre antisoviétique ou dans l'interminable guerre de factions qui avait suivi la défaite des communistes. Ils avaient été exaltés par la première, ils furent totalement dégoûtés par la seconde. Des hommes rudes, patients, totalement disciplinés.

Ils avaient réglé une bonne fois pour toutes la question de l'obéissance, à la suite d'événements ravageurs et troublants qui se déroulèrent dans la montagne. Tous avaient compris que l'émir assumait pour eux le fardeau de trouver les voies, pas forcément conformes à celles de Dieu, pour les maintenir en vie dans une guerre sans queue ni tête, une guerre où la distinction entre l'ami et l'ennemi avait perdu de sa netteté avant de s'estomper définitivement et où tout le monde finissait par basculer dans l'abjection et la barbarie. Même dans leur montagne, malgré les précautions, la félonie avait déferlé sur eux, sans avertissement, et cela les avait changés, définitivement, en barbares.

L'un des hommes lui servit du thé brûlant et posa devant lui des morceaux de galette.

– Que Dieu te garde, Abdallah, le remercia-t-il en souriant. Que dit la radio des tyrans ?

Abdallah avait hérité de la radio de Kheira. Il l'entretenait, la bichonnait. Il écoutait les informations, celles du pays et du reste du monde. C'était un sujet de discussion dans les moments de répit.

– Ils parlent encore de clémence pour les moudjahidin, rétorqua-t-il en riant.

– Qu'en penses-tu, Abdallah, de cette clémence ?

– Je ne pense rien de ce que disent des gens en qui je n'ai pas confiance.

– Tu n'es pas tenté de redescendre, de mener une vie normale, de retrouver ton épouse ou, pour vous autres, de vous marier ?

Les hommes échangèrent des regards étonnés. Ils se demandaient ce qui poussait l'émir à aborder le sujet.

– Je tiens à vous dire que chacun est libre de faire ce choix.

Il était comme ça, Abou Nihaya : un homme dur, un type qui ne dormait jamais vraiment, constamment en éveil, toujours en train de soupeser les choses, de chercher au-delà de ce qu'elles semblent signifier. Un chef juste avec ses hommes. Mais depuis l'affaire du douar Lahmar et le départ du *hakim*, quelque chose s'était brisé en lui. Il n'avait pas perdu son flair de guerrier, ni sa capacité instinctive à percevoir le danger et encore moins cette réactivité exceptionnelle qui leur avait permis de se sortir de situations désespérées. Non, guerrier, il l'était encore, davantage même, mais il y avait dans son attitude quelque chose de raide et de mécanique, comme si son âme s'était retirée de son corps pour ne laisser qu'une machine programmée pour combattre, tuer et organiser les retraites de survie.

Ce sont des choses que les hommes sentent sans les exprimer. Eux-mêmes avaient été bouleversés par la tragédie du douar Lahmar, affolés au début par ce saut accompli au-delà des limites humaines, au-delà des limites de Dieu.

Ce fut Saïd le Belcourtois, l'homme le moins loquace du groupe, qui parla en leur nom :

– Moalim, dit-il avec son accent kabyle chantonnant, en lui donnant le surnom des temps afghans, tu te souviens du jour où l'on est venus te voir ? Ceux-là qui parlent aujourd'hui de clémence ne nous avaient pas laissé de choix. Je ne pense pas qu'ils nous offrent de choix aujourd'hui.

Abdallah approuva. Il hésita longuement :

– Ces tyrans seront toujours là, ce qui veut dire qu'il n'y a pas de choix possible.

– Il y a toujours un choix, suggéra doucement l'émir.

– Nous l'avons déjà fait. On ne peut plus rebrousser chemin. Nous avons fait comme Tarik Ibn Ziyad, nous avons brûlé tous nos vaisseaux. Nous devons entrer dans les terres.

– Tu te trompes, frère, si nous avions des vaisseaux, ce n'est pas nous qui les avons brûlés, ils l'ont fait pour nous, ils ne nous ont laissé aucun choix. C'est pour cela que je resterai toujours sur mes gardes.

Abou Nihaya sourit :

– En deux minutes, Saïd en a dit plus qu'en deux mois, mais tu dis juste. Il est temps de bouger.

Ils firent vite. Ils empaquetèrent leurs effets, prirent les armes, signalèrent aux guetteurs qu'il était temps de faire mouvement et prirent le chemin du sud. Il commençait déjà à faire chaud.

Le silence de la montagne n'était troublé que par les chants des oiseaux. Ils marchèrent en file indienne. Abou

Nihaya sentait l'odeur ambrée des lentisques. Il s'était mis à l'arrière et regardait ses hommes entamer la descente vers le bas de la colline. Pouvait-il dire, comme l'avait craint Kheira, qu'ils avaient apporté le mal de la ville ?

9

Plus de six ans plus tôt, ils n'avaient sans doute pas voulu apporter le mal de la ville. Ils avaient plutôt tenté de le fuir, mais en vain : ils amenèrent avec eux des vents mauvais, qui souffleraient longtemps.

Loin des hommes, dans le voisinage proche de Kheira la folle et de celui, un peu plus lointain, du douar Lahmar, Mohamed, dorénavant Abou Nihaya, avait réinvesti la montagne. Elle l'avait envahi à son tour. Il avait refait connaissance avec elle, retrouvé les cachettes de l'enfance, les terrains escarpés où des hommes livrèrent bataille et la dizaine de casemates envahies par les herbes et les ronces. Kheira avait fini par l'accepter comme voisin, en dépit d'une méfiance qui ne s'estompait pas.

Quand l'envie irrépressible de parler la prenait, elle débarquait chez lui de manière impromptue, généralement tôt le matin, avec deux galettes encore chaudes et de l'huile d'olive. Elle n'approchait pas de la cabane, ni même de la courette qui l'entourait. Elle s'installait sous l'olivier de Larbi, sur l'avancée qui offrait une vue exceptionnelle sur la ville d'Alger, et se mettait à le héler : “Hé! Fils de Larbi, tu dors encore?” Il venait à elle et, de ce promontoire, elle lui racontait la montagne, nommait les lieux. Des noms berbères le plus souvent. Ensuite, elle lui racontait ce qu'elle entendait à la radio et lui disait que les choses là-bas allaient plutôt mal :

– Pourvu qu'ils restent entre eux, là-bas…

– Mais pourquoi voudrais-tu qu'ils viennent ici, tante Kheira ?

Elle le traitait de naïf, mais elle finit par apprécier la discussion avec lui. Elle venait de plus en plus souvent et se rendait de moins en moins à Ouled Lahmar. Lui aussi l'aimait bien et il n'était pas loin de la considérer comme l'âme de la paix, le bon génie des lieux.

Abou Nihaya se levait à l'aube pour entamer une longue journée de travail et ne dormait que longtemps après le coucher du soleil. L'électricité et la route n'étant pas parvenues à la montagne, pourtant à peine distante de quelques kilomètres de la ville, l'ancien rythme de vie qu'il avait connu enfant s'imposait naturellement. Des journées de travail rudes et exténuantes, qui provoquaient en lui une sérénité rarement éprouvée.

Son repos, il le trouvait dans la psalmodie du Coran. Il avait une belle voix et récitait les versets à la manière sobre et dépouillée des Maghrébins. Il lui semblait que les oiseaux, les plantes, les arbres et les eaux limpides de l'oued en contrebas faisaient chœur avec lui. Il retrouvait le mouvement des saisons qu'il avait perdu, son esprit et son corps étaient en parfaite harmonie avec la nature. Quelquefois, il pensait à ses épouses et à sa progéniture laissées en Asie et se demandait s'il les reverrait un jour. Il en doutait et ne se reprochait rien cependant. Dieu y pourvoirait ! Jamais sans doute il ne se sentit autant en paix.

Puis un soir, tard dans la nuit, ils sont venus, Abdallah, Saïd et les autres. Une dizaine en tout. Des hommes qui étaient passés par son camp d'instruction avant d'aller crapahuter dans les montagnes afghanes. C'était en février ou en mars 1992, il ne se souvenait plus exactement.

Il les avait vus descendre la colline d'en face. Des ombres dans le couchant qui évitaient le chemin rocailleux et se mouvaient au milieu des buissons. Ils ne connaissaient pas la montagne et semblaient hésiter sur la direction à prendre. Il se cacha et attendit. Ils mirent longtemps à trouver la cabane, le soleil s'apprêtait à céder la place à la nuit quand ils le hélèrent :

– Moalim, Moalim, nous sommes tes élèves de Safed-Koh ! Salam, Moalim.

Il en avait reconnu quelques-uns malgré l'obscurité. Ils s'exprimaient dans cette langue arabe classique très formelle qui était devenue une caractéristique des anciens d'Afghanistan.

– Salam !

Les retrouvailles furent sobres. Un seul parlait pour tous les autres, Abdallah. Il y avait dans sa voix la détermination des gens acculés, la résolution des hommes qui n'ont plus rien à perdre. Comme la plupart des anciens d'Afghanistan, ils s'étaient tenus à l'écart du parti islamiste. Ils avaient décliné toutes les sollicitations de ceux qui voyaient en eux des héros. Il expliqua que, depuis le coup d'État des généraux "éradicateurs" en janvier 1992, leurs têtes avaient été mises à prix.

La presse parlait beaucoup des "Afghans arabes" et les présentait comme de dangereux fauteurs de troubles, des criminels assoiffés de sang. Beaucoup d'entre eux avaient été abattus sans autre forme de procès, dans la rue, comme des chiens, par des hommes sûrs d'eux-mêmes, qui avaient pris leur temps, comme s'il s'agissait de faire une démonstration destinée à être vue et comprise de tous. Ils se cachèrent, mais en ville la situation devenait intenable. Alors ils avaient rétabli le contact et avaient conclu qu'une entreprise de liquidation générale avait été enclenchée. Ils étaient devant une alternative simple : attendre une mort certaine ou, au mieux, un internement administratif dans un camp saharien.

– Nous sommes venus te demander abri et conseil.

Il était resté silencieux, scrutant les visages de ces hommes revenus de si loin pour se retrouver dans un cul-de-sac. Il pensa encore une fois à Kheira et à sa vieille répulsion à l'égard du mal qui venait de la ville. Les signes avant-coureurs, il les avait déjà constatés, plus au sud, dans la colline d'Iberraden, totalement vide depuis des années. Il avait observé de loin des changements dans le paysage, puis des signes d'activité : des hommes qui prenaient doucement leurs quartiers. Ils s'entraînaient.

Parfois, un coup de feu solitaire venait troubler la sérénité des lieux, un coup sec qui claquait comme un avertissement, comme une promesse de feu. Il s'était abstenu d'aller les voir. Ce groupe était à une dizaine de kilomètres du douar Lahmar, qu'il considérait comme la frontière de sa montagne, hors du monde et hors du temps, à une distance respectable d'une vieille femme solitaire qui radotait de manière raisonnable, travaillée par le pressentiment du retour des jours sombres qu'elle avait connus dans sa jeunesse.

Et voilà que des hommes passés par Peshawar, des hommes à qui il ne devait rien, venaient confirmer ses observations et perturber sa paisible retraite d'agriculteur et d'adorateur solitaire d'Allah.

Il ne dit rien, mais au fond de lui-même il était décidé à préserver son jardin d'Éden fait de labeur et de silence. Le soleil était couché depuis longtemps. Un vent naissant faisait frémir les buissons et les arbres. Il se leva et désigna une surface herbeuse entourée de gros chênes, surplombant la maisonnette à une cinquantaine de mètres :

– Allons faire la prière. Pour les ablutions, la source est là, derrière la maison.

Il était en proie à des sentiments contradictoires. Ces gens étaient aux abois, mais ils s'étaient abstenus de prendre les circuits de la ville pour rejoindre le maquis. Ils avaient fini à la longue par apprendre que le *moalim* s'était organisé une retraite solitaire dans sa montagne natale. Le pays était devenu petit, étroit comme une tombe, et seule sa montagne semblait leur offrir un espoir de survie. Mais c'était des guerriers et, pour ces hommes, la terre est vaste.

Il se sentait responsable de Kheira, si soupçonneuse et qui, bien que l'ayant admis comme voisin, nourrissait toujours de tenaces appréhensions sur la menace qu'il pouvait représenter pour la quiétude des lieux. Il avait aussi des devoirs à l'égard du douar Ouled Lahmar, des hommes et des femmes qui menaient une vie de labeur exténuante. Ils s'étaient tenus si bien à l'écart de tout qu'ils en avaient conservé une innocence primitive qui l'avait troublé, dérouté même. Des humbles parmi les humbles, des hommes proches de Dieu, avait-il pensé en fin de compte.

Admettre ces citadins qui avaient été au bout du monde en se forgeant une réputation sulfureuse en attirerait d'autres et ferait de sa montagne magique un champ de bataille. Ceux qui les pourchassaient dans la ville viendraient les chercher dans la montagne. Il était décidé à refuser, à leur demander de s'élancer dans la vaste terre de Dieu, loin de sa montagne et de ses gens.

Très naturellement, il guida la prière. Il choisit une sourate qu'il pensa de circonstance. Il récitait d'une voix sobre que la nuit amplifiait :

– Et Dieu propose en parabole une ville : elle était en sécurité, tranquille ; sa part de nourriture lui venait de partout en abondance. Puis elle se montra ingrate aux bienfaits de Dieu. Dieu lui fit alors goûter la violence de la faim et de la peur en punition de ce qu'ils faisaient.

Était-ce une prémonition, un signe ? Il entendait le bourdonnement des pales d'un hélicoptère. Depuis quelque temps, ils venaient troubler la quiétude de sa montagne. Menaçants, patients, prédateurs volants guettant leurs proies. Ils se contenteront de passer, avait-il pensé comme d'habitude. Il se les imaginait scrutant la montagne que la nuit enveloppait déjà. Avaient-ils les moyens de voir dans l'obscurité ?

Ils étaient dans l'ultime prosternation, front au sol, humant les odeurs d'une herbe sèche en élevant les louanges au Seigneur, quand ils furent assourdis par l'explosion toute proche.

Son cœur s'emballa, il pensa : la maison, Kheira ! Il chassa vite ces pensées pour préserver la "présence du cœur" et poursuivit la prière, mettant ainsi fin à l'hésitation qui s'était emparée des hommes derrière lui. Quand il eut terminé, au loin, presque inaudible, il entendait encore le chuintement asthmatique de l'hélicoptère qui s'en retournait vers sa base.

Silencieux, il descendit, suivi de ses hommes. Les deux pièces de la chaumière et le petit poulailler brûlaient. Il sut que les jours sereins avaient pris fin et qu'un missile avait décidé pour lui de ce qu'il devait faire. Il devait renvoyer les hommes, il les garda. Lui aussi faisait partie de la liste de ceux à éliminer. Il ne se demanda même pas si la présence de ces hommes, en quête d'un havre de survie, avait un rapport avec le raid. C'est la fin, s'était-il dit en observant la montagne à nouveau enveloppée de silence. Seuls les ultimes craquements de bois et de terre de la chaumière en feu rappelaient que son isolement des tumultes de la ville avait pris fin.

– Nous sommes désolés, Moalim, nous sommes désolés, répéta d'une voix sourde Abdallah, le visage tourné vers l'incendie.

– Il n'y a pas de raison, s'était-il contenté de répondre.

– C'est la fin, *el nihaya*!

Il n'avait plus le temps de se lamenter, il fallait organiser la survie. Ils étaient remontés là où ils avaient accompli la prière. Après une brève inspection des alentours, ils s'assirent et se mirent à parler à voix basse. Même quand ils en firent leur émir et prononcèrent le serment d'allégeance, ils n'élevèrent pas la voix.

– Que Dieu te guide, émir Moalim!

– Non, s'entendit-il répondre, Abou Nihaya, l'émir Abou Nihaya. C'est la fin, je suis l'émir de la fin, aucun autre nom ne me conviendrait.

Il pensait déjà aux lendemains, aux nécessités de la guerre, à Kheira et aux gens du douar Lahmar et se dit qu'il les protégerait au mieux. Mais il savait que, pour eux aussi, c'était la fin.

La vie d'un émir est brève. Très brève. Le pouvoir absolu de vie et de mort conféré à celui élevé à cette dignité était contrebalancé par la létale précarité de la charge. Les liquidations survenaient à l'improviste, mais avec une régularité troublante : dans un accrochage habituel avec les militaires ou bien dans le sommeil, exécutées par ceux qui assuraient la garde. Être émir pendant une année relevait de la chance ou du hasard, l'être pendant deux ans suscitait la suspicion. La fatalité ou la planification donnait une espérance de vie moyenne de six mois. C'est en tentant d'échapper à cette règle que les émirs devinrent suspicieux envers leurs hommes et envers ces mains paysannes qui les nourrissaient.

L'ivresse du sang commença après le printemps 1994, quand des militants lettrés gagnèrent le maquis pour tenter d'encadrer et de reprendre en main une guérilla qui commençait à verser dans une dérive meurtrière nihiliste. La piétaille des desperados analphabètes, des exclus et des criminels en tout genre n'en fit qu'une bouchée. En deux ans, la plupart des cadres, ceux dont le niveau dépassait le baccalauréat, étaient six pieds sous terre ou avaient été dévorés par les charognards. Les rares survivants, dont certains parvinrent à s'exiler en Europe, comprirent, mais un peu tard, que ces émirs sanguinaires étaient en réalité le plus souvent des créatures du DRS, officiers en mission clandestine ou anciens "Afghans" retournés sous la torture. Mais, honteux d'avoir été piégés, ils se turent. Et la folie continua.

Les massacres ensanglantaient les montagnes et les émirs manipulés voyaient leur espérance de vie se réduire. Ils avaient six mois, un peu moins ou un peu plus, pour profiter de l'ivresse du pouvoir absolu. Et ils en profitaient, allant si loin, au-delà des limites religieuses et morales, qu'ils finirent par se faire détester d'une population qui comprenait qu'elle n'était pas l'enjeu de la bataille, mais son champ même.

Abou Nihaya fut l'une des très rares exceptions confirmant la règle de sang. Six ans après l'allégeance de "ses" Afghans, il était encore là, défendant son territoire désormais vidé de ses habitants. De la dizaine d'hommes du début, il n'en restait que trois. Il dirigeait désormais une armée d'une soixantaine d'hommes qu'il avait patiemment sélectionnés selon des critères très particuliers après le départ du *hakim.*

Être traqué par les autorités ne fut plus, comme cela avait été le cas au début, une raison suffisante. Avoir la foi, non plus. Dans les rangs désormais en lambeaux d'une guérilla qui avait sombré dans les tueries aveugles et les manœuvres des services secrets, le groupe d'Abou Nihaya était entouré de mystère et il avait la solide réputation que l'espérance de vie y était plus grande.

Dans la vie de maquis, les combats sont rares et brefs. Le plus clair du temps est consacré à se cacher, se nourrir, se laver, approvisionner les casemates de produits non périssables et à s'assurer des appuis dans les villages. Pendant les premières années, le groupe d'Abou Nihaya enregistra de nombreuses pertes et dut mener des combats avec d'autres groupes pour préserver son territoire. Après des accrochages répétés, il conclut avec le groupe voisin d'Abou Raht un accord sur les frontières. Il fut intraitable et poursuivit la guerre pendant des mois pour faire accepter que le douar des Ouled Lahmar relève de son territoire. Ce ne fut qu'à l'issue de raids et d'embuscades meurtrières où les Afghans d'Abou Nihaya, en avance d'une guerre, eurent constamment le dessus, qu'Abou Raht accepta.

Quelques mois après la conclusion de cette paix fragile, le *hakim* arriva. La quarantaine, petit de taille, fragile même, la peau blanche, le visage mangé par une barbe qui commençait à grisonner, il apporta avec lui la médecine et la grâce. La centaine d'habitants du douar Lahmar qui n'avaient jamais vu de médecin en avait un à leur disposition. Il traita les plaies, les dysenteries et se décida même à pratiquer la chirurgie.

Mais il ne s'occupait pas que des corps, il parlait aux âmes. Il enseignait aux petits et aux grands. Il apprenait aux femmes les règles de l'hygiène et les encourageait à assister aux cours. Sa pureté transfigura la montagne. Et, n'était-ce les quelques accrochages qui se déroulaient de temps à autre, elle aurait pu évoquer un phalanstère où l'utopie prenait un tour concret, pratique.

Le *hakim* croyait fermement en sa cause, Abou Nihaya le respectait tant qu'il lui céda la fonction de guider les prières et de dire les prêches. Il s'en acquittait avec passion en invitant les hommes à chercher ce qu'il y a de meilleur en eux. Les hommes de Ouled Lahmar, sans s'embarquer dans la guerre, ne rataient jamais le prêche du vendredi. Il régnait dans la montagne un climat de sérénité, d'apaisement, qui gagna tout le monde, même Abou Nihaya.

Seule Kheira conservait son éternelle réticence. Elle aima cependant sans retenue le *hakim*, qu'elle appelait Mohamed, comme son enfant perdu. Elle louait les bienfaits qu'il apportait aux gens, elle lui préparait des galettes fourrées aux raisins secs et elle l'embrassait sur le front quand il s'occupait de ses détresses. Et à chaque fois, avant de le quitter ou avant qu'il rejoigne le groupe qui avait entamé sa marche, elle lui demandait de partir, de quitter la montagne, le pays, pour aller dans un endroit normal exercer sa médecine et faire des enfants :

– Toi l'Agneau, mon fils, pourquoi restes-tu parmi ces loups ?

Il souriait, riait parfois aux éclats :

– Oum Kheira, ne désespère pas des hommes, espère le bien et tu le trouveras !

– Pauvre petit agneau naïf qui ne perçoit pas la félonie, pauvre agneau sans défense ! Que connais-tu des loups, mon fils ? lui répondait-elle en souriant tristement, le regard perdu dans les collines toutes proches et la vallée sombre d'où venaient les échos des carnages.

Et les loups sont venus. Sans s'annoncer.

10

C'était un vendredi. Ils avaient décidé d'aller au douar Lahmar pour accomplir la grande prière avec les habitants. Le douar semblait endormi malgré les aboiements lancinants d'un chien. Le silence n'en était que plus inquiétant.

Abou Nihaya, contrairement aux autres, avait compris d'instinct. Ces hommes et ces femmes ne font pas de grasse matinée, ils se lèvent aux aurores pour trimer. Dans cette vie fruste, nulle place à l'oisiveté. Il ne songea même pas à l'hypothèse qu'ils aient pu abandonner leur hameau et soient descendus au bourg, comme les autorités les y incitaient avec persistance.

Ils passèrent la première chaumière et se retrouvèrent tout de suite au centre du carnage. Le spectacle était insoutenable, d'une obscénité sans limites. Une odeur de sang se mêlait à celle de la terre humide de rosée. Les hommes et les femmes, passés au fil du couteau, étaient entassés çà et là, des cadavres d'enfants en bas âge étaient amoncelés au pied d'un muret taché de sang et de morceaux de cervelles. Ils en comptèrent dix.

Les assaillants s'étaient particulièrement acharnés sur eux en les fracassant sur le mur d'une des masures. Aucune balle n'avait été tirée, on n'avait fait usage que d'armes blanches, des poignards et des haches. Les habitants avaient été surpris dans leur sommeil, aucun n'avait pu fuir pour donner l'alerte. Les tueurs avaient pris tout leur temps. Ils s'étaient offert un repas et du thé, certains s'étaient confortablement installés pour le siroter en se régalant du spectacle.

Ils ramassèrent les dépouilles et les comptèrent. Il ne manquait que trois personnes sur les cent deux âmes du douar, des jeunes filles emmenées pour servir d'esclaves, d'objets sexuels avant d'être tuées à leur tour.

Dans cette collecte macabre, on découvrit un homme en piteux état, mais encore en vie. Livide, le *hakim* s'en occupa. Il comprit vite que ses compétences de médecin ne lui seraient d'aucun secours. Il découvrit aussi, la gorge nouée, qu'il n'avait même pas la possibilité de trouver les mots apaisants pour aider au passage vers la mort. Mais ce qui l'acheva fut l'indicible terreur dans les yeux du mourant. Il le confondait avec les assaillants et ce regard le fit reculer.

Ce fut Abou Nihaya qui parla à l'agonisant avec calme et le rassura. L'homme désigna des yeux la lointaine colline vers le sud du douar :

– Raht, Raht, Abou Raht, murmura-t-il avant de s'éteindre.

Ils passèrent toute la matinée à creuser les tombes. Kheira arriva au moment où ils mettaient en terre les malheureux villageois. Abou Nihaya s'attendait à des cris, de la colère et des récriminations, mais il n'en fut rien. Elle se contenta de les regarder s'affairer avec un regard inexpressif.

Puis elle se mit à circuler parmi les morts, scrutant les visages et énonçant des noms :

– Tahar, Zoubir, Abdelnasser, Nacera…

Elle poursuivit l'énoncé de la litanie des noms, puis, arrivée devant les corps d'enfants dont les crânes brisés comme des œufs rendaient impossible toute identification, elle s'effondra et éclata en sanglots.

– On vous a trahis mes enfants, on vous a trahis !

Le spectacle de cette vieille femme durement éprouvée par la vie hoquetant devant des petits corps inertes qu'elle n'arrivait pas à nommer anéantit le *hakim*.

– Mon Dieu, qu'avons-nous fait, demanda-t-il, le visage livide, à Abou Nihaya.

– Nous n'avons rien fait, c'est ce Raht !

– Non, c'est nous ! Nous sommes devenus des démons !

Le médecin avait la voix brisée.

Les larmes aux yeux, il s'éloigna, coupant court à la discussion. Il s'installa à la lisière du douar, le regard rivé au sol, dans une prière muette et douloureuse. Les hommes du groupe le regardaient de temps à autre pendant qu'ils mettaient les corps en terre. Le travail dura encore deux longues heures et le *hakim* n'avait pas bougé. Quand ils eurent terminé de les ensevelir, Abou Nihaya se dirigea vers lui.

Il voulait qu'il dirige la prière de l'absent et le héla :

– *Hakim*, il est temps de faire la prière.

Le médecin ne répondit pas. Cette attitude intrigua, puis affola Abou Nihaya. Il courut vers lui et se retrouva face à des yeux vides, sans vie. C'est fini, pensa-t-il et il hurla.

Son cri déchira la montagne. Il se leva, arrêta d'un geste de la main les hommes qui accouraient :

– Creusez une autre tombe, dit-il en ramassant une seringue aux pieds du *hakim*. Il leva la tête et son regard croisa celui de Kheira, qui le fixait avec une intensité douloureuse.

– Tu nous as trahis, fils de Larbi !

Elle lui tourna le dos et s'en alla.

Abou Nihaya mena la prière aux morts sur quatre longues lignes de tombes. Il était obsédé par le *hakim*. Par son choix de se donner la mort, lui, le croyant qui savait que cela était prohibé et le vouait à la damnation. La vision de ces morts, de ces enfants brisés, de ces têtes coupées, avait-elle aspiré d'un seul coup sa foi si contagieuse ? Il regretta de l'avoir laissé seul. "C'était le meilleur d'entre nous, le plus fort mais le plus fragile aussi." Mais au fond de lui-même, il ne pensait pas que le *hakim* se trouvait en enfer.

Il venait plutôt de le quitter après avoir été envahi jusqu'à en étouffer de la vanité des choses : aucune foi ne résiste au meurtre barbare d'un enfant, il lui était devenu insupportable de partager quelque chose avec les tueurs, de faire la même prière qu'eux, d'utiliser les mêmes mots pour louer le Seigneur et implorer son pardon ou sa grâce. Le *hakim* avait été terrifié par l'idée qu'il pouvait devenir comme eux. Peut-être aussi avait-il voulu préserver un petit arpent de foi dans son cœur brisé, face au pressentiment que le supplice des Ouled Lahmar appelait un châtiment nécessaire, inéluctable, qui le mettrait définitivement hors de ces limites. Qui le mettrait hors de Dieu, hors de toute compassion. Qui ferait de lui et des autres une nouvelle meute de loups...

Abou Nihaya en convenait, il l'assumait déjà. Auprès d'Abou Raht, il y avait des innocents, des naïfs, des gens qui n'avaient pas trempé dans le crime, mais ils devraient aussi payer. Œil pour œil, dent pour dent. Il les extirperait de la surface de la terre, tous, pas un ne serait épargné. Il en serait ainsi malgré la parole de Dieu.

– C'est pourquoi Nous avons prescrit pour les Enfants d'Israël que quiconque tuerait une personne non coupable d'un meurtre ou d'une corruption sur la terre, c'est comme s'il avait tué tous les hommes.

Il récita le verset.

Il tuerait tous les hommes. Et ceci, le *hakim* le savait! Il eut la certitude que le *hakim* avait choisi de se donner la mort plutôt que d'accepter l'idée intolérable que Dieu n'était plus de la partie. "C'est pourtant vrai, *hakim* mon frère, Il est bien hors jeu, Il n'a plus rien à voir. Ses nuances ne sont plus de mise, c'est désormais la loi des hommes et des loups."

Les hommes, la mine grave, regardaient en silence les tombes alignées. Avaient-ils encore la foi? Il haussa les épaules: ils devraient accepter que c'était lui désormais qui décidait des limites. Et il ne s'en fixerait aucune.

Au couchant, il vit un grand feu, la maison de Kheira était en flammes. Il accourut avec ses hommes, mais ne trouva pas la vieille femme. Il comprit d'emblée que c'était son œuvre à elle. Elle avait rageusement brisé tous ses ustensiles en terre. Peut-être qu'essoufflée par la tâche et incapable de tout détruire de ses propres mains, elle avait mis le feu. Il la chercha dans les parages. Rien, personne…

Puis un des hommes désigna une ombre, au loin, sur le chemin qui menait à la ville. Il la reconnut, c'était bien elle. Elle le quittait, elle le répudiait. Elle marchait, malgré son âge, d'un pas décidé et alerte. Il la vit s'arrêter et regarder longuement la montagne, comme si elle faisait une ultime provision d'images d'un paradis qui sombrait tel un navire prenant eau de toutes parts. Un paradis défiguré, irrémédiablement perdu.

Il lui sembla qu'elle serrait le poing et l'agitait avec véhémence dans sa direction. Elle cria, mais sa voix se perdit, indistincte. Puis l'ombre lui tourna le dos et disparut dans le virage qui menait, plus bas, vers la route goudronnée. La montagne avait été dépossédée de ses habitants dans la nuit. Au matin, elle avait aussi perdu le *hakim* et la lumière fraternelle qu'il disséminait. À présent, elle perdait irréparablement son âme.

Abou Nihaya ne revit plus Kheira, sa voisine, sa mère distante, Kheira la clairvoyante. Il n'avait pas su les protéger, il n'avait plus de cause. Il était seul. Il n'avait plus de Dieu, il n'avait plus de limites. Prêt à basculer dans la barbarie, prêt à jouer à sa manière le jeu qu'on lui imposait. Il allait se dépouiller de son humanité, devenir un loup, et sa première proie serait Abou Raht.

11

Les hommes et femmes de peine de l'hôtel des Morisques, qui en avaient pourtant déjà vu de toutes les couleurs, étaient en alerte, la curiosité en éveil. Oulmène venait d'arriver et tout l'hôtel, palace dévolu aux révolutionnaires en visite à la Mecque de la lutte de libération d'hier et haut lieu de passage des businessmen de toujours, du socialisme spécifique au capitalisme triomphant, était sur le qui-vive : Si Oulmène par-ci, Si Oulmène par-là…

Le directeur de l'hôtel en personne veillait aux aises de ce jeune homme joufflu, légèrement bedonnant. Le *tycoon* pesait déjà en cette fin des années 1990, non par la comptabilité de ses entreprises, mais par le biais d'articles de presse dithyrambiques, quelques centaines de millions de dollars de chiffre d'affaires. Et puis, même s'il faisait l'essentiel de son business en Algérie, Oulmène résidait le plus souvent à l'étranger : "Tout peut se gérer de Paris, même l'entrée au paradis !" expliquait-il. Certains rêvaient d'être engagés dans ses entreprises, d'autres pensaient plus prosaïquement aux pourboires. Oulmène ne venait pas souvent au grand hôtel, mais ses passages étaient marqués du sceau d'une fabuleuse générosité pour ceux qui le servaient en scotch et surtout en vodka. D'aucuns parlaient de l'équivalent de douze mois de salaire. Depuis, on se battait pour être à la bonne place.

Il était arrivé en début de soirée, seul et déjà éméché. Et s'était installé dans un salon particulier, que la direction de l'hôtel avait pompeusement nommé l'Alhambra, la dynastie de Grenade subissant ainsi un ultime outrage. Oulmène était affalé dans un fauteuil et contemplait avec ennui la rade d'Alger par la grande baie vitrée. En silence, un garçon au genre indéfini posa devant lui une vodka citron bien frappée, des olives et des cacahuètes salées dans deux soucoupes marquées du sceau des Morisques. Il avala d'un coup sa vodka et reposa brutalement le verre sur la table. Sa sœur Zahida lui avait gâché la journée ! Il l'avait entendue déverser son fiel sur ses affaires devant Djidjigua, la femme de leur père défunt.

– Une gauchiste de merde, une mal-baisée, dit-il à voix haute, suscitant un regard interloqué du garçon qui s'était placé au bout du salon, en alerte, prêt à apporter un autre verre. Il enrageait. Depuis qu'il mettait en place son affaire, personne à Alger n'avait émis de doute sur ses qualités et sur ses capacités. Hormis sa frangine qui le poursuivait de sa haine jalouse, de sa vindicte de femme qui a tout raté et son idéologie d'envieuse à la con !

– Sale conne ! éructa-t-il de nouveau à voix haute. Dans son coin, le garçon de l'hôtel des Morisques se demanda s'il était en train de le chercher. Mais Oulmène sombra à nouveau dans ses pensées, le regard perdu dans le vague de la mer.

Dans la rade, des bateaux et encore des bateaux attendaient d'accoster pour déverser tous les produits d'Europe, d'Amérique et d'Asie sur des quais submergés par des piles de containers en attente. Dans l'ancienne capitale de la régence, le fric était de retour, attirant tous les marchands de l'univers. Les navires revenaient et on ne les voyait pour ainsi dire jamais repartir, comme si après avoir vidé leurs entrailles, ils s'obligeaient à filer à l'anglaise, en douce... Ce que le pays exporte n'a pas besoin de vrais cargos. Des tubes et des bonbonnes de gaz flottantes suffisaient pour évacuer les liquides et les fluides vers les centres industriels où ils allaient entrer dans les cycles de production des démocraties glacées.

Sur ce port se jouaient de rudes parties. Les moins forts, ceux qui n'avaient pas la bonne introduction, payaient la dîme pour sortir leurs marchandises. Les plus forts les faisaient passer à grande vitesse, dans le silence aigre de douaniers contraints dans leur expression et qui s'obligeaient à regarder ailleurs.

Oulmène, lui, avait appris à huiler les engrenages, depuis le temps où de parfumeur il s'était improvisé "producteur" de médicaments. Ses premiers milliards de fils à papa protégé, il les avait gagnés en quelques coups : l'intervention d'un ami bien placé de son père pour surmonter les réticences d'une banque publique, un petit voyage en Tunisie pour un chef d'agence bancaire et sa copine dans un hôtel à Hammamet. Sans compter un mémorable coup de fil de son paternel au directeur de la douane pour l'inviter, sans autre forme de procès, à "retenir ses chiens".

Depuis ses premiers milliards, outre sa fascination de gosse pour les avions, Oulmène cultivait un intérêt particulier pour le métier de banquier. Une profession élégante où l'avidité se pare de distinction. Il se fichait comme d'une guigne des cycles de production et même des bateaux qui lui ramenaient sa cargaison de médicaments douteux que les préposés à la vérification certifiaient les yeux fermés. Il n'y avait que les avions pour susciter en lui cet élan érotique. Il aimait surtout en mettre plein la vue, il voulait vivre la grande vie, se venger des années où il traînait au fond des classes : élève médiocre, lycéen terne, déjà bouffi et frimeur comme personne. Tapi au fond de la classe, il mangeait sans arrêt : croissants, chocolat, cacahuètes, pistaches, bonbons et casse-croûte qui dans son cartable occupaient la place des livres et des cahiers. Son appareil digestif était en permanence au bord de la rupture.

"Oulmène, c'est une classe, pas une mangeoire !" avait un jour protesté un bon élève sur le point de vomir, écœuré par la boulimie de son camarade. À la sortie de la classe, Oulmène avait voulu laver l'affront, mais le bon élève était aussi bon bagarreur. Il le liquida en une feinte suivie d'un croche-pied accompagné d'un "Tiens-toi à carreau, cochon !". Le soir, il en fit part au paternel et, le lendemain, l'élève sérieux mais puncheur n'entra pas en classe. Le directeur l'attendait dans la cour, l'emmena dans son bureau et on n'entendit plus parler de lui.

Le garçon indolent de l'époque tentait de s'adonner à la belle vie, loin des grossiers bougnoules – c'est comme ça que les riches Algériens à la francophonie souvent approximative, reprenant à leur compte l'injure raciste, désignent leurs congénères désargentés –, à Puerto Banus ou à Cannes.

Sa passion pour les avions n'avait jamais cessé; loin des "bicots", près des étoiles. Ça oui, il aimait. Voler au-dessus des gueux et de ces ploucs attifés comme l'as de pique! Vivre la grande vie avec ceux que l'on voit dans les magazines pour imbéciles malheureux avec plein de photos brillantes et minutieusement vides de sens, sa seule littérature, ces revues qu'il adorait feuilleter et que l'on trouve en général chez les coiffeurs et les dentistes. Être de cette partie-là, voilà ce qu'il voulait. Il allait voler, rien au monde ne l'en empêcherait. Il côtoierait ces starlettes aux protubérances siliconées, même s'il devait en payer le prix. Et il volerait!

Kheloufi Oulmène, son père, membre fondateur de la secte sécuritaire qui s'était nichée au cœur de la révolution et l'avait asservie, ne s'était jamais soucié de son peu de réussite scolaire. À l'université, le jeune Oulmène Mokadem avait acheté la plupart de ses diplômes. Et encore, il n'avait payé que des broutilles durant la première année. Les années suivantes, il avait fait savoir aux enseignants de quel père il était le fils et des conséquences cataclysmiques qui pourraient advenir si le géniteur apprenait que des enseignants payés par l'État se livraient au racket. Oulmène ne se fit pas gourmand, il se contentait d'une note honorable de quinze sur vingt. Il ne daignait évidemment pas non plus assister aux travaux dirigés obligatoires, comme ses copains il assistait aux cours quand il n'avait rien de mieux à faire. L'administration de l'université étant comme les autres une pétaudière, personne ne releva le fait incongru qu'un étudiant avait strictement la même moyenne dans toutes les matières. Oulmène ne le remarqua pas non plus.

Son père ne l'avait pas éduqué dans le respect du savoir, mais il lui avait inculqué un principe existentiel fondamental : seul le fric compte et tous les moyens sont bons pour en avoir le plus possible. Son vieux paternel ne se contenta cependant pas de marteler ce noble principe qui se généralisa et se vulgarisa durant les premières années de socialisme spécifique, il lui offrit également tous les ingrédients qui font la différence : un carnet d'adresses, un réseau et une appartenance héréditaire à la grande confrérie de la Qadoussiya en qualité de Vénérable Derviche.

Et il était écrit, comme disent les vieilles de ce pays, qu'en faisant des études vétérinaires supérieures à Grenoble, il retrouverait un vieux comparse de la cancrerie lycéenne d'Alger, Zerrouk Talagueni, éternel étudiant en pharmacie et surtout neveu bien-aimé du tout-puissant général Lamine Boutramine. Cousins confrériques, Zerrouk et Oulmène avaient été associés dans l'organisation de surprises-parties et d'opérations de drague d'étudiantes paumées de la cité universitaire de Ben-Aknoun. Ils attiraient des jeunes filles crédules dans leur garçonnière et s'amusaient à les expulser à des heures impossibles ; impitoyables face aux lamentations des étudiantes paniquées qui les suppliaient de les garder jusqu'au lever du jour : "Tirez-vous, pétasses !"

Ils ricanaient des regards terrifiés des jeunes filles, comprenant tardivement qu'elles avaient affaire à des désaxés. La *dolce vita* et les comportements de matamores n'étaient pas le seul ciment de leur complicité. C'est dans le négoce des médicaments et des produits vétérinaires lancé par Oulmène que leur amitié se consolida. Zerrouk n'avait pas apporté d'argent à l'entreprise, mais il avait mis ses contacts très efficaces à la disposition d'Oulmène. C'était un associé peu exigeant, qui insistait pour n'apparaître dans aucun organigramme en vertu d'impératives instructions de son oncle.

Les études lui laissant beaucoup de temps libre, Zerrouk en profita pour monter, à partir de Grenoble, une affaire d'import avec Alger. Il déversait sur le pays des antibiotiques, des aliments pour bétail et accessoirement, à l'approche de l'anniversaire du Prophète, un ou deux containers de pétards fabriqués en Chine.

Ce petit business, fluide et sans complications grâce aux passe-droits procurés par les amis de papa, permettait de payer les BMW, des vacances à Marbella au milieu de Hollandaises peu farouches et quelques virées plus chics sur la Côte d'Azur. Tout cela permettait de s'amuser, de montrer à son père qu'il pouvait se débrouiller dans la jungle que lui et ses amis avaient créée, mais il était encore loin de son rêve aéronautique.

"Acheter un avion et faire un tour au-dessus d'Alger, montrer aux bons élèves devenus fonctionnaires soumis que le meilleur c'est bien moi. Leur savoir, je le conchie du haut du ciel, c'est ça mon trip !" C'est ce qu'il avait expliqué, un soir de villégiature en Thaïlande, à Zerrouk, dans un cabaret de Phuket, après leur énième whisky dans le brouhaha d'un night-club bourré de blancs négociant de la chair fraîche locale à des macs sirupeux et avides de dollars.

Ils avaient eu l'intention de lever des filles, mais y renoncèrent, l'omniprésence des proxénètes les dérangeait. Ils préféraient les étudiantes fauchées d'Alger, ils pouvaient en faire ce qu'ils voulaient. En Thaïlande, en cas de problème, la protection des influents parents risquait de ne pas jouer. Oulmène se mit à parler business, des moyens de faire des bons coups qui rapportent gros. Il se plaignait de la législation bancaire qu'il jugeait contraignante…

– Ces paperasses, ces tracasseries bancaires, leurs histoires de domiciliation, de télex qui mettent des semaines à faire deux kilomètres, ça m'emmerde… À chaque fois, il faut qu'on fasse intervenir…

– Et pourquoi tu ne monterais pas ta propre banque, avait lancé Zerrouk Talagueni, d'un ton badin.

Oulmène le regarda, dubitatif, jaugeant le degré de sérieux de son compagnon de libations :

– Tu es sérieux, ils seraient prêts, en haut, à laisser un privé s'installer dans la banque ?

En haut, cela ne pouvait être que Lamine Boutramine, le grand chambellan du pouvoir, celui qui ne se mêlait de rien mais qui avait la main sur tout. Oulmène était attentif, vigilant, il avait même perdu son penchant naturel à la somnolence qui lui donnait l'air d'un junkie perdu dans ses vapeurs. Zerrouk y alla sans détour :

– Mon oncle se plaint, c'est peu dire, de la timidité des soi-disant banquiers locaux. Je l'ai entendu les traiter de froussards sans talent qui ne survivent que sous le parapluie des protecteurs.

Oulmène entrevoyait une perspective somptueuse, une ouverture magnifique... Si le grand vizir derrière le rideau tapait sur ses serviteurs, c'est qu'il avait l'intention de moderniser l'ordre de la prébende qu'il contrôlait de bout en bout depuis plus d'une décennie – depuis qu'il avait réussi à mettre hors circuit Rachid Fekkar, trafiquant d'armes du temps de la révolution et richissime businessman de l'Indépendance, celui qui entrait comme dans un bar à la présidence et avait des introductions dans les grandes capitales occidentales... jusqu'à la mort de son ami Boumediene. Il s'était alors prudemment replié entre Madrid et Genève, en attendant des jours meilleurs.

Au bout d'une année d'expectative et de contacts, il rentra au pays avec toutes les garanties des plus hautes autorités de l'État pour assister à l'enterrement d'un proche. Il fut embarqué *manu militari* à la sortie du cimetière. Une prise de pouvoir en bonne et due forme s'était alors effectuée et était passée largement inaperçue. Fekkar réapparut quelques mois plus tard, vieilli de dix ans, lessivé. Il avait été contraint de livrer ses comptes numérotés et son carnet d'adresses à Si Lamine qui, bien entendu, comptait l'utiliser au service de la patrie.

À dater de ce fait divers, qui n'avait pas particulièrement retenu l'attention de la chronique journalistique officielle, Si Lamine devint le saint protecteur des affairistes. C'étaient des milliardaires à la loyauté éprouvée et d'un niveau intellectuel, dans le meilleur des cas, élémentaire. Des hommes d'affaires frustes qui ne pouvaient se risquer hors des sentiers balisés du business sous perfusion bureaucratique. Ils squattaient les importations en s'acquittant de la dîme auprès de l'arbitre invisible, le protecteur secret. Mais, à la fin des années 1990, celui-ci, soucieux d'effacer les traces mortifères d'une décennie de sang et de terreur, estimait urgent de changer de devanture. La façade avait besoin d'un vrai ravalement, le général-président ne correspondait pas aux exigences de ceux qui l'avaient nommé et le pays s'était peu ou prou coupé de ses protecteurs internationaux. L'image du système politique était dégradée et ses conseillers outre-Méditerranée pressaient Lamine Boutramine de rectifier le tir. Ce qui était vrai pour le théâtre d'ombres de la politique l'était peut-être encore plus pour le monde des affaires. Il fallait enclencher une nouvelle phase et les fellahs mal dégrossis qu'étaient les businessmen actuels n'étaient guère "vendables" aux Américains, Français et autres civilisés qui dominaient ce monde.

– Tu sais ce qu'il a dit ? Je veux des hommes d'affaires sexy, je te jure, il a dit ça comme ça ! Des gens présentables, qui savent s'habiller, qui savent parler. Des businessmen diplomates, des séducteurs, voilà ce qu'il demande.

Oulmène savait que son copain de beuveries ne lui confiait pas innocemment ces propos. Il sentait l'invitation pressante à être l'incarnation de la transformation du pays, le prophète tant attendu de la nouvelle religion entrepreneuriale de l'Algérie moderne.

Il ressentit une émotion dont la cause n'était pas ces petites Thaïes au sourire triste et perdu. Il se sentait prêt à jouer ce rôle que le grand majordome souhaitait, il était plus que disposé à figurer ce créateur moderne et dynamique qui transformerait l'économie malade d'un pays ensanglanté. Il ne se contenterait pas de révolutionner l'image de l'économie algérienne, il allait changer l'image des Algériens, le monde cesserait de ne voir en eux que des terroristes barbus ou des mafieux d'État. Il allait prendre son envol et emporterait l'Algérie avec lui.

Certes, Oulmène ne cadrait pas tout à fait avec le profil souhaité. Il lui était difficile d'aligner deux phrases intelligibles dans une langue identifiable, mais il avait un côté ours en peluche indolent et sympathique, il savait s'habiller à la dernière mode et il se tenait correctement à table. Comparé aux hommes d'affaires mal embouchés, tripatouilleurs, baragouineurs illettrés, ex-pistoleros prêts au massacre ou agents comptables indélicats, Oulmène pourrait passer pour une prodigieuse mutation qualitative... Pour la culture, il pensait – à juste titre? – que ses lectures attentives des magazines people occidentaux lui fourniraient tout ce qu'il faut savoir sur le monde et sa manière de tourner.

Il possédait les codes du grand monde, il faisait partie du cénacle de Boutramine et du général Lahnèche. Boutramine était très proche de Zerrouk, son cher neveu. Il avait tous les atouts en main. Il n'avait pas besoin de la pseudo-science et du jargon économique pour vendre et acheter. Il en connaissait le principe fondamental. Il pouvait compter sur des appuis indéfectibles et il saurait épater la galerie.

Sur l'instant, il s'était dit que la seule chose qui manquait pour l'envol de l'empire Oulmène and Co, c'était l'argent, beaucoup d'argent. Il fallait une – grosse – pompe à fric, c'était la priorité.

Oulmène soupira, abandonna la contemplation de la baie d'Alger et de ses navires en attente et commanda une nouvelle vodka. Dix mois après la discussion thaïlandaise avec Zerrouk, la question de l'aspirateur à fric n'était toujours pas résolue. Personne ne voulait avancer les sommes faramineuses pour le montage d'une compagnie aérienne. Il avait dû changer son fusil d'épaule pour réaliser son rêve : il monterait d'abord sa propre banque et financerait ensuite sa compagnie aérienne.

Depuis des mois, Si Lamine avait fait de la réforme bancaire son dada. Un de ses conseillers était chargé de la lecture des rapports du FMI et de la Banque mondiale qui prônaient la modernisation du secteur bancaire. Les technocrates du FMI ne se posaient même pas la question de savoir pourquoi des banques disposant déjà de systèmes informatiques qui feraient bien des envieux sous d'autres cieux étaient aussi inefficaces. On exhibait un équipement dernier cri, mais on s'arrangeait pour éviter qu'il fonctionne.

Si Lamine n'était pas fou, mais il ne s'empêchait pas de confier des missions impossibles aux conseillers de service : moderniser les outils tout en continuant à les contrôler comme par le passé. Il avait aussi, après avoir été briefé par ses conseillers suisses et sud-coréens, l'envie d'ouvrir le secteur bancaire au privé. Mais il devait s'entourer de précautions ; le seul secteur privé acceptable est celui que l'on connaît bien, que l'on contrôle, celui où les règles non écrites de l'allégeance priment toutes les autres.

Jusque-là, des tentatives folkloriques avaient été lancées par des membres de clans déchus qui voyaient dans cette activité un moyen moderne de captage efficace et rapide des ressources disponibles. Ces financiers d'un type nouveau découvraient soudainement la profonde injustice subie par ceux qui ne disposaient pas de l'appui déterminant des "décideurs". Ces banques furent de peu glorieuses péripéties ; elles durèrent le temps de quelques transactions plus ou moins opaques pour finir piteusement dans des règlements de comptes sordides entre associés aux appétits inconciliables. Une aventure des plus cocasses fut, sans nul doute, celle d'une société financière créée par un boucher enrichi et dont les bureaux étaient situés dans un ancien bain maure ; le boucher madré, en veine de promotion sociale, réalisa douloureusement que la profession exigeait des compétences au-delà des entourloupes de maquignon qui lui était familières. Il décida de lui-même de retirer ses billes d'un commerce prestigieux, certes, mais dangereusement compliqué et le siège social, à la grande joie des habitués, retrouva sa vocation originelle de hammam. En règle générale donc, ces banques privées qui ne pouvaient respecter un minimum de contraintes professionnelles n'étaient que des velléités sans lendemain. Il faut dire aussi que certains de ces projets grandioses étaient victimes des rapports de force et des usages façonnés par le *spoil system* version SM. À chaque changement de gouvernement, le nouveau groupe dominant pour asseoir son autorité et installer ses hommes liges doit balayer ceux de ses prédécesseurs et casser leur éventuelle influence. C'est ainsi que la Banque centrale nationale concéda un agrément à un sémillant ponte des finances, membre éphémère d'un gouvernement renvoyé, il fut rattrapé, trois mois après l'inauguration de sa banque, par une inspection particulièrement rigoureuse. Le hiérarque retraité accepta de perdre de substantielles sommes investies dans l'affaire pour échapper à un procès dont l'issue était courue d'avance. Depuis, il vivait un exil ensoleillé à Monaco où il cultivait sa rancœur à l'ombre confortable d'un compte helvétique ouvert et alimenté durant la période où son clan menait la danse.

Oulmène était parfaitement au fait de tout cela et il savait, par Zerrouk, que Si Lamine était fasciné par la Corée du Sud et ses très puissants groupes économiques, les *shaebols*. Les Coréens avaient parfaitement réussi ce mélange d'affairistes plus ou moins louches, de nationalisme à consommation interne et de police secrète ; on connaissait bien à Alger le célèbre "*chairman* Kim", le président de Daewoo.

Le général-boulanger et grand régulateur du régime respectait les références asiatiques. Il estimait que les mœurs extrême-orientales en matière de business étaient moins rigides qu'en Europe et donc plus adaptées à la culture des “indigènes”, comme il appelait ses compatriotes lorsqu’il se retrouvait en petit comité.

Oulmène en était à sa cinquième double vodka citron quand Zerrouk débarqua à l’hôtel des Morisques. Ses yeux habituellement éteints étaient animés par cette lueur mauvaise qui y brûlait lorsqu’au cœur de la nuit il renvoyait à coups de pied aux fesses les étudiantes levées en début de soirée devant le campus de Ben-Aknoun.

Zerrouk s’affala dans un fauteuil et attendit, en silence, que le garçon dépose sa vodka prestement commandée par Oulmène. Il l’avala d’un trait et commanda un autre verre, “Un géant”, lança-t-il au jeune garçon. Oulmène comprit d’instinct que les choses avaient été débloquées en voyant Zerrouk faire durer le silence, le verre à la main. Il finit par parler, en imitant la douceur feinte de Si Lamine à l’égard de ses obligés.

– C’est fait, ce connard de Zine Fertasse va ordonner à son Tchabtchak de délivrer l’agrément. Tu ne vas pas tarder à être un banquier agréé. La première banque privée, la Chase Manhattan algérienne…

– Comment tu l’as fait bouger, ce coincé prétentieux ?

– Secret de fabrique, mon pote ! Je me suis arrangé pour lui faire comprendre qu’on avait un ministre de rechange.

Oulmène éclata de rire :

– Tu ne vas pas me dire que c’est suffisant !

– C’est juste un cocktail à préparer. Fifi la Grenouille s’est chargée d’attiser sa peur. Tu sais, elle sait y faire ! Elle lui prend son machin en douceur et elle commence à serrer, à serrer…

– Et les autres ingrédients ?

– Mais tu ne comprends pas, c’est lui l’ingrédient principal ! Je veux dire sa peur de déplaire, son souci de précéder les désirs présumés de tonton… C’est un joueur, il a suffi de lui suggérer qu’il en était au dernier coup de dés… qu’il avait intérêt à ne pas se tromper !

Oulmène riait de bon cœur. Il songeait déjà à l'agrément de la banque ; ce n'était qu'une étape et il faudrait maintenant s'arranger pour y drainer les capitaux. Il en parla à Zerrouk, qui lui répondit par un sourire énigmatique :

– On y pense, on y pense, mais tu brûles les étapes, comment appellerons-nous notre banque ?

Ils y pensaient depuis des mois. Ils cherchaient un nom qui serait une sorte d'hymne secret en l'honneur du grand bienfaiteur, celui dont la seule présence virtuelle suffisait à ouvrir des chemins inattendus. Ils avaient songé à Algerian Trust Bank.

– Trop bateau, ce Trust Bank, décréta Zerrouk.

– Et si on allait demander conseil au marabout de la confrérie ?

L'évocation de la confrérie les dégrisa. Ils se lancèrent dans des évocations rituelles et rendirent grâce à la lignée des saints patrons de la Qadoussiya. Larmes aux yeux, Zerrouk devint lyrique, il cita l'invocation rituelle du grand derviche, celle qui précède la cérémonie de la transe collective :

– *Les larges ailes du faucon vert déchirent les firmaments.*

Oulmène sursauta, puis serra Zerrouk dans ses bras :

– Tu as trouvé, tu as trouvé !

– Trouvé quoi ?

– Le nom de notre banque, voyons, tu viens de le trouver !

– Mais de quoi tu parles, bon Dieu ! lança Zerrouk, agacé par les marques d'effusion de son ami.

– Mais notre oiseau, notre emblème, le faucon vert. La banque du Faucon vert, tu ne trouves pas que c'est beau ? Et c'est toi qui l'as trouvé, ce sont les saints patrons qui te l'ont soufflé !

Zerrouk éclata de rire :

– Rien, personne n'arrêtera l'envol du Faucon vert ! Et puis, ça fera un logo de grande classe et des enseignes flashantes. Il faut qu'on envoie vite une lettre pour dire au type de la Banque centrale nationale que la banque Oulmène aura le faucon vert comme raison sociale.

Ce qu'ils firent prestement en appelant l'avocat-conseil chargé des formalités et de la paperasse dont la bureaucratie locale était particulièrement friande. Ils durent répéter à plusieurs reprises, en épelant, pour qu'il puisse noter le nom de la banque volatile.

Cette nuit-là, Oulmène avait sombré trop tôt et n'avait laissé aucun pourboire. Le garçon qui avait passé la soirée à les servir vérifia sur les tables : ils n'avaient même pas payé l'addition.

12

Nasreddine Tchabtchak, président de la Banque centrale nationale, eut des sueurs froides toute la journée. Zine Fertasse, paniqué, lui avait intimé l'ordre d'alléger les procédures d'agrément de la banque Oulmène. Ce matin, en entrant dans son bureau lambrissé, il avait trouvé dans le dossier "urgence-priorités" qu'il consultait dès son arrivée, un addendum à la demande d'agrément de la banque Oulmène : la banque Oulmène s'appellera banque du Faucon vert. Tchabtchak n'eut pas de sueurs cette fois-ci, mais une lancinante brûlure à l'estomac. Lui qui ne fumait jamais ressentait soudainement un pressant besoin de nicotine.

– Le Faucon vert, ça fait maison de passe, au mieux enseigne de taverne, maugréa le président.

Il faisait partie d'une famille de technocrates – la plupart passés par Polytechnique et les Ponts et Chaussées de Paris – qui servait le pouvoir sans discontinuer depuis l'Indépendance. Une lignée de "commis de l'État", comme ils préféraient s'anoblir. Leurs compétences s'exerçaient principalement dans l'art de donner une apparente rationalité aux décisions erratiques des détenteurs du pouvoir. Ils en profitaient pour récolter de substantielles miettes et entretenir au sein du sérail une réputation de cerveaux capables de répondre à tout. Certes, Tchabtchak et les autres membres de la famille avaient depuis longtemps accepté le cynisme du système comme un principe de fonctionnement normal, leur rôle consistant à fournir l'habillage nécessaire et à camoufler les incongruités qui risquaient de faire froncer le sourcil dans les pays des blancs.

Dans ses moments, rares, de sincérité, Tchabtchak reconnaissait que son diplôme de polytechnicien lui servait surtout à exercer les fonctions de maquilleur public. Il le faisait sans état d'âme, mais cette fois-ci, jouer au maquilleur pour que ce morveux d'Oulmène devienne banquier l'exaspérait. Le plus gênant, c'est que, contrairement à l'usage, il opérait en pleine lumière et ça, il n'aimait pas du tout. Il se replongea à nouveau dans le dossier que sa secrétaire Linda Boudouri – que tout le monde à la banque gratifiait du titre de vice-présidente – avait déposé bien en vue sur le bureau.

Plus il le lisait et plus son malaise grandissait. Il devait décider et lui, le grand maquilleur, ne trouvait plus les artifices nécessaires à sa propre protection. Il comprenait clairement qu'en l'occurrence le fard c'était lui, et qu'en cas de pépin il n'aurait aucun fusible, hormis le fragile engagement de Si Lamine. Cela faisait des semaines qu'il inventait des prétextes pour retarder la prise de décision.

Il s'était mis à répondre systématiquement à des invitations d'homologues arabes et africains qu'il négligeait en général. Il avait approché prudemment des hommes introduits dans les rouages et tous lui confirmèrent que le projet Oulmène bénéficiait des plus hautes protections et qu'il était au cœur d'une politique destinée à changer l'image d'un pays terni par sa plongée décennale dans l'univers de Mad Max.

Il avait la corde au cou. Ses préventions, qui n'étaient pas seulement intuitives, ne pèseraient pas bien lourd dans cette affaire Oulmène qui jouissait, chose rare, de l'assentiment unanime des chefs de clans. Mais la veille, à la fin du concert annuel de musique andalouse de la société Tarbouchiya, les choses avaient tourné au vinaigre.

Si Lamine, objet de tous les regards, avait traversé un parterre d'hommes costumés et d'élégantes qui multipliaient courbettes et gestes d'allégeance pour arriver jusqu'à lui. Son regard fixe et dur tranchant avec son habituelle bonhomie avait mis Tchabtchak en alerte. Si Lamine le regarda avec insistance pendant ce qui lui parut un moment interminable, tout en répondant vaguement de la main aux salutations respectueuses qui accompagnaient son passage.

Il va me tuer, se dit Tchabtchak qui se mit à souhaiter follement qu'un tremblement de terre vienne subitement suspendre l'attaque et détourner le regard de Si Lamine. Mais la terre demeura stable et le général Boutramine avançait inexorablement ; il s'empressa d'aller vers lui en baissant obséquieusement la tête.

– Bonsoir, Si Lamine.

– Ah, Tchabtchak, comment va la vie ? lui dit-il avec douceur.

Il balbutia une vague réponse. Ce "comment va la vie" lui semblait dangereusement ambigu. Mais Si Lamine avait déjà pris la direction de la porte. Tout en s'éloignant, il se retourna et le regarda durement, puis s'adressant à lui avec douceur :

– Je sais que tu as apprécié cette soirée. Tu connais bien la musique, n'est-ce pas ?

Tchabtchak n'eut pas le temps de répondre, Lamine Boutramine était déjà à la porte du palais de la Culture et les agents en charge de sa protection s'agitaient. Il le vit s'enfoncer dans la voiture et eut le sentiment qu'il continuait à le fixer. Il n'avait aucun doute sur la nature du message.

Dans la matinée, il avait eu une discussion orageuse avec Zine Fertasse. Le ministre l'avait sérieusement mis en garde sur le dossier Oulmène. Il avait senti de manière palpable derrière les mots "blocages incompréhensibles de la Banque centrale nationale" la crainte qui s'était emparée du ministre. Tchabtchak avait opposé des bataillons d'arguments fondés, mais Fertasse ne l'écoutait pas.

– Je sais, je sais, c'est une affaire qui relève d'une priorité nationale, avait-il répondu avec nervosité, excédé par les rappels de la réglementation de Tchabtchak. Nullement impressionné par Fertasse dont les compétences étaient loin de valoir les siennes, Tchabtchak avait maintenu sa prudente ligne de conduite de ni oui ni non. La discussion s'était terminée sur un accès de colère de Zine Fertasse :

– Tu devras assumer tes responsabilités !

– C'est ce que je fais, avait-il crânement répondu.

Tchabtchak était décidé à négocier des garanties pour lui-même. Oulmène était manifestement si évanescent qu'il s'attendait à des problèmes et il ne voulait pas avoir à payer les pots cassés. Ces fermes résolutions disparurent après les propos sibyllins de Si Lamine. Pour la première fois en vingt ans de bons et loyaux services de technocrate nommé par décret, il avait peur, une sainte frousse.

Il savait, comme tout le monde dans la haute administration de l'État, que le burnous du terrorisme était large et que des fatalités de toutes sortes pourraient lui être attribuées... Oui, pensa-t-il, résigné, en se replongeant dans le dossier Oulmène, je dois assumer, comme dit cet imbécile de Fertasse. Les conseillers juridiques de la Banque centrale nationale avaient relevé dans un document de synthèse les nombreuses failles du projet : les documents étaient incomplets, le capital minimal n'avait pas été déposé, et le reste était à l'avenant... Bref, les garanties légales obligatoires n'étaient pas réunies. Le service juridique, conscient des appuis politiques dont bénéficiait Oulmène, préconisait un "avis favorable sous réserve du règlement de ces conditions préalables".

C'est raisonnable, se dit Tchabtchak, mais cette option n'était plus possible. Il allait convoquer pour le lendemain le comité d'agrément des établissements financiers. Il préconiserait un avis favorable. Les dés étaient jetés. D'autant que le groupe Oulmène avait bel et bien obtenu l'appui décisif. Depuis plusieurs jours, Oulmène avait lancé des "fuites" pour annoncer l'ouverture de la banque et les agences à l'enseigne du Faucon vert poussaient déjà comme des champignons.

Les journaux, en extase unanime, saluaient un moment historique et rendaient hommage au dynamisme et à la modernité du groupe et de son flamboyant dirigeant. Tchabtchak avait été outré de lire dans un journal sous la plume d'un éditorialiste notoire un article dithyrambique intitulé : "Un tournant majeur dans la vie de la nation." Le papier méritait le détour :

"Le vert des islamistes a été une illusion sanglante, il a fabriqué une peuplade de zombies qui a essayé de tuer, de massacrer et de détruire tout ce qui vit dans ce pays. Des mutants qui ont tenté de nous ramener aux heures sombres du Moyen Âge en utilisant la religion comme combustible.

Vaincue militairement, cette horde sauvage est encore tapie dans les esprits, elle attend sournoisement le moment propice pour reprendre son offensive généralisée contre l'État national. Cette plaie de l'humanité ne peut être vraiment vaincue que lorsque le pays basculera dans la modernité et qu'il éradiquera les relents nauséabonds des idées intégristes qui ont, hélas, mille fois hélas, encore de puissants relais au sein de l'État lui-même. La bataille militaire a été gagnée, mais la guerre ne l'est pas encore. Ce n'est qu'en se délestant de la médiocratie qui peuple l'État et les entreprises publiques – cet anachronisme béant que même les bolcheviks russes ont abandonné – que nous irons vers le salut.

Il est heureux que des hommes entreprenants aient décidé de ne pas laisser le monopole de la couleur verte aux fous de Dieu. L'ouverture, hier, d'une trentaine d'agences à l'enseigne de la future banque du Faucon vert fait partie de ces moments de rupture silencieux à qui le futur proche reconnaîtra une dimension historique fondatrice. Le vert lumineux du faucon, par sa modernité, par l'efficacité et la participation active à une mondialisation inexorable, finira par écraser et éradiquer le vert ténébreux des barbus. L'intelligence et l'esprit d'entreprise, c'est 'cette famille qui avance', comme l'avait écrit un confrère assassiné par la barbarie. La naissance du groupe Oulmène malgré des entraves incroyables – dont les plus surprenantes sont venues de la Banque centrale nationale que l'on supposait pourtant à la pointe de l'esprit de réforme – est annonciatrice d'une Algérie nouvelle, l'Algérie de la gagne, l'Algérie qui se relève d'une longue fièvre provoquée par le virus islamiste. L'Algérie qui répond de manière flamboyante à ces Occidentaux qui s'évertuent à ne pas voir la ligne claire qui sépare la barbarie et la civilisation.

Nous saluons la naissance du Groupe du Faucon vert en attendant que des institutions sclérosées prennent acte du fait qu'elles ne peuvent endiguer son élan par des manœuvres bureaucratiques. Ses dirigeants nous trouveront toujours à leur côté pour combattre ceux qui tenteront, pour des intérêts égoïstes, de briser son élan salvateur."

L'allusion aux entraves de la Banque centrale nationale avait provoqué la colère de Tchabtchak puis son inquiétude. Il connaissait l'auteur de l'article et savait qu'il ne commettait rien sans que cela ne fût dûment commandé. Tout un faisceau de faits, d'allusions, de suggestions faussement amicales lui confirmait qu'Oulmène avait l'onction des dieux du moment. Il devait se résigner à fouler le règlement, sans protection aucune, et à autoriser l'activité de la banque alors qu'il était intimement convaincu que le type était un demi-fou, un névropathe délirant.

Il sonna dame Boudouri et lui demanda d'adresser les convocations pour une réunion, demain à la première heure, du comité des agréments des établissements financiers. Il se sentit très petit, écrasé par une décision qui n'était pas la sienne mais qu'il devrait néanmoins assumer. À la grande surprise de la "vice-présidente", il la sonna une seconde fois pour lui demander une cigarette. Elle savait qu'il ne fumait pas, mais ne fit aucune remarque. Elle lui apporta son paquet d'américaines légères, un briquet et un cendrier et les posa en silence sur le bureau.

Elle se dit que ce fils de bonne famille avait besoin d'être consolé, mais elle s'abstint de lui parler. "S'il a besoin de moi, faudra qu'il le demande." Linda Boudouri ressortit. Elle appela Fifi la Grenouille sur-le-champ : elle voulait être la première à lui annoncer que le Faucon vert pouvait désormais prendre son envol avec la bénédiction de la Banque centrale nationale…

13

Une semaine de beuveries ininterrompues... Dans les couloirs de l'hôtel des Morisques, on ne parlait que du nombre de bouteilles de vodka vidées par Oulmène et son compagnon. Un record absolu. Au septième jour, c'était un lundi, Oulmène se réveilla, la bouche pâteuse, un marteau-piqueur dans le crâne.

Après s'être trempé le visage dans l'eau froide pour se dégriser, il alluma une cigarette et se rendit sur le balcon. Le soleil illuminait la ville, les bateaux sur la rade étaient toujours là, attendant qu'une place se libère pour déverser leurs marchandises avant de repartir.

– Mais qu'est-ce qu'ils foutent! La qualité du service chez les bougnoules...

Il bougonnait alors que seulement deux minutes à peine s'étaient écoulées depuis sa commande. Il se dirigea vers le bar et reprit trois mignonnettes de vodka avant que le petit-déjeuner n'arrive.

Il renvoya le garçon d'un geste indifférent, lui signifiant sans équivoque qu'il n'avait rien à attendre. Il se versa du café, mais son odeur lui parut répugnante; quant aux croissants, leur seule vue lui retournait l'estomac. Il revint au bar et se servit à nouveau. Il était presque treize heures. Oulmène se rendit compte qu'il n'avait rien à faire de particulier. Il s'ennuyait déjà. Il essaya de réveiller Zerrouk, mais celui-ci marmonna des paroles inintelligibles. Même un tremblement de terre ne l'aurait pas réveillé. Il se cala dans le fauteuil, le regard vide, se demandant vaguement ce qu'il pourrait bien faire du reste de sa journée.

Aller au bar de l'hôtel, c'est ce qui le tentait le plus, mais il fallait traverser un long couloir, prendre l'ascenseur et descendre jusqu'au rez-de-jardin. Une épreuve insurmontable pour ses jambes encore flageolantes.

– Putain, ce qu'on s'ennuie dans ce bled ! Qu'est-ce que ça serait bien si on était à Paris !

Il ne se rendit pas compte que le journal télévisé de treize heures avait commencé en débitant, comme d'habitude, les nouvelles selon un ordre protocolaire immuable.

Le président avait reçu quelques ministres étrangers de passage, il avait eu un entretien téléphonique avec un homologue du Golfe. On fit lecture d'une lettre de condoléances adressée à un émir à la suite de la mort de la belle-mère d'un de ses fils. On passa ensuite au président du Sénat et à ses rencontres usuelles, puis au président de l'Assemblée nationale, à la tournée du ministre de l'Intérieur dans une wilaya de l'Est où il annonçait encore l'éradication définitive imminente du terrorisme. Oulmène bâillait et faillit rater la lecture du communiqué laconique de la Banque centrale nationale annonçant l'agrément de l'"établissement bancaire dénommé Banque du Faucon vert".

Il n'avait pas prêté attention à la lecture routinière et monocorde de la présentatrice, mais les mots "agrément" et "faucon vert" l'arrachèrent à sa torpeur. Cela le fit rire, doucement au début, puis le rire enfla en un spasme irrépressible.

– Ça y est, c'est officiel, je suis banquier !

Il riait de plus en plus fort, il en perdait le souffle, des larmes roulaient sur ses grosses joues.

– Je suis banquier, je suis banquier, moi banquier ! Quel pays de Mickey ! Bled Mickey !

Oulmène était aux anges, il avait roulé tout son monde, il allait posséder sa compagnie aérienne avec leur fric. Il se souvint de la formule désormais classique d'un ancien président de la République brutalement déposé qui, n'en revenant pas d'avoir été choisi à la mort de son prédécesseur, ne cessait, avec un humour douteux, de répéter dans ses discours : "L'Algérie est le pays des miracles."

Quels miracles ! Quel pays ! L'hilarité d'Oulmène était à son comble. Il se leva en titubant, décidé à réveiller cet idiot de Zerrouk pour lui apprendre la nouvelle.

– Debout, Zerrouk, l'avenir appartient à ceux qui se lèvent à point !

Zerrouk marmonna quelques mots incompréhensibles et se couvrit la tête avec un oreiller.

– Debout, nous voilà banquiers, il faut fêter ça ! Debout, vrai faucon de mes deux !

Zerrouk émergea lentement. Oulmène l'étreignit avec effusion.

– Doucement, tu me fais mal...

– Allez debout, ce n'est pas tous les jours qu'on devient banquier...

– Drôle de banquier ! Finalement, le Tchabtchak s'est couché ! Sous ses allures de technocrate, il est bien dressé ce Tchabtchak, rigola Zerrouk.

– Il faut qu'on organise une grande fête !

– Ici ? Avec ces ploucs... Laisse tomber, ça risque d'être plus barbant qu'autre chose !

– Bien sûr, on en fera une autre quelque part en Europe, mais nous avons le devoir patriotique d'en organiser une ici. Il faut lancer l'affaire !

– Qui va s'en charger ? Tu n'as pas même pas constitué une équipe digne de ce nom !

– T'en fais pas, nous aurons tout le pays à nos pieds. On va commencer par recruter le directeur de l'hôtel.

Il prit le téléphone et appela le directeur qui s'empressa de le féliciter avec emphase pour l'agrément.

– Justement, je voudrais qu'on organise une réception et j'ai pensé que ton hôtel...

Le directeur ne trouva pas anormal le tutoiement et se dit heureux, “flatté”, que son établissement soit choisi pour célébrer cet événement :

– Si Oulmène, faites-moi confiance, nous allons faire les choses en grand et les gens se souviendront longtemps de cette soirée. Il faut juste nous dire combien de personnes vous comptez inviter.

En l'écoutant, Oulmène sentit qu'il pouvait exiger n'importe quoi ; le directeur de l'hôtel des Morisques se ferait un devoir d'y répondre. Il le testa. Il fit de l'hôtel son siège provisoire et de son administration son staff de départ. Le directeur se chargerait de rédiger des invitations au nom de la banque du Faucon vert et d'envoyer des coursiers les remettre en mains propres aux deux cents invités sélectionnés par Oulmène : des ministres, des hommes d'affaires, des directeurs de journaux plus ou moins "indépendants".

Le directeur de l'hôtel s'occuperait du reste : le meilleur orchestre andalou, un dîner dont tout Alger se souviendrait.

– Ce sera, je vous le promets, une réception bien "plus meilleure" que celle du 14 juillet, dit-il en faisant allusion à la réception annuelle de l'ambassade de France où le tout-Alger vient se montrer, parader et s'offrir des cuites à l'œil. Les instructions durèrent une bonne demi-heure. Oulmène dressa la liste des invités et raccrocha sans que le directeur de l'hôtel des Morisques n'ait lâché un traître mot sur la facture.

La réception fut un vrai succès. L'hôtel des Morisques accueillit les deux cents invités choisis par Oulmène et se ferma impitoyablement pour des centaines d'autres qui voulaient absolument en être. Parmi les recalés, on trouvait du beau monde : d'anciens officiers supérieurs, des ministres en activité, des hommes d'affaires – essentiellement des importateurs – qui pesaient lourd, des écrivains et des artistes patriotes, des chefs de milices, les "hommes debout" qui se targuaient d'avoir brisé les reins des barbus. Il y avait aussi des journalistes qui se piquaient d'avoir "sauvé la République de la peste verte", des cadres supérieurs qui croyaient dur comme fer que l'État se serait effondré sans leurs compétences, de jolies jeunes femmes un peu vulgaires et sans fonction précise, mais qu'on retrouvait dans toutes les fêtes de la nomenklatura barbaresque.

Tout ce beau monde se heurtait à un mur. "Pas de carte d'invitation, pas d'entrée", répétaient imperturbablement les cerbères de l'hôtel des Morisques à des hommes qu'ils pensaient puissants mais qu'ils considéraient dorénavant comme gravement déclassés pour cause de non-présentation du sésame.

Dans les chancelleries blanches, les honorables correspondants mirent en commun leurs informations pour connaître avec précision la liste des "deux cents du Faucon vert" et tentèrent d'y déceler les clans ascendants et les groupes déchus.

Le "baromètre de la réception de l'hôtel de la Cantina de Los Moros", comme le nomma joliment un agent d'une puissance anglo-saxonne, était déroutant. Dans la liste, ils retrouvèrent le personnel qui "compte". Ils s'interrogèrent néanmoins sur d'illustres absents et furent très intrigués par la présence de gens dont ils ne retrouvaient nulle trace dans leurs répertoires, qu'ils croyaient pourtant à jour. La surprise ne fit que grandir lorsque, usant de l'incontournable fichier du visa, on découvrit qu'une bonne vingtaine de jeunes trabendistes illettrés avaient été admis au gala du premier cercle. Quelques analystes s'étaient même risqués à y déceler l'émergence de "forces nouvelles" dans un pays qui sortait laborieusement d'un cataclysme sanglant.

Sans le chercher, Oulmène avait poussé les services spécialisés des ambassades de la Civilisation à des cogitations alambiquées et à des conclusions saugrenues. Il avait bien sélectionné des personnes en vue qui lui seraient utiles dans son entreprise, mais il n'avait pas hésité à compléter la liste par des copains de bamboulas issus de quartiers populaires mitoyens du sien. Alger a en effet cette particularité : les beaux quartiers côtoient les quartiers populaires, il n'y a pas de frontières nettes – ce dont se plaignent d'ailleurs amèrement les nomenklaturistes qui aimeraient bien aussi construire leur mur.

Les amis "peuple" d'Oulmène ne s'étaient pas fait prier. Ils avaient revêtu leurs plus beaux costumes et étaient venus s'offrir du whisky à l'œil, passablement impressionnés de côtoyer le gotha local des hauts gradés, des ministres et des milliardaires. Oulmène les avait accueillis à bras ouverts et leur avait suggéré de ne pas se gêner. Il les engagea sur-le-champ pour faire partie de son organisation en cours de formation :

– Vous êtes désormais des cadres du Faucon vert, ces gens-là ne doivent pas vous impressionner.

Et, de fait, ils passèrent la soirée à rire de bon cœur en se moquant des mines compassées des autres invités. Heureux d'être de la partie et n'ignorant pas que des dizaines de prétendants avaient été recalés à l'entrée de l'hôtel des Morisques, ils étaient reconnaissants à Oulmène, "ce fils de grand patriote", "cette génération positive", "ce tueur de médiocre", "ce digne enfant qui va montrer au monde ce dont l'Algérie est capable". Ces éloges excessifs faisaient mourir de rire les copains d'Oulmène. Ils le connaissaient trop bien pour se leurrer ; et même s'il était le fils de "quelqu'un", il ne les impressionnait pas.

Quand il s'agissait de faire le coup-de-poing dans les cabarets qui avaient proliféré sur la côte ouest d'Alger, c'était eux qui s'en chargeaient. C'était même eux qui l'avaient initié aux pratiques particulières de l'import-import national. Il leur devait une partie de son apprentissage et notamment cet aplomb à raconter n'importe quoi pour vendre du vent. Dans ces boîtes de nuit, au milieu de maquignons en goguette pleurant dans le giron des filles de joie en flambant des paquets de dinars, de flics dealers entretenant leurs négoces, de tueurs incolores s'offrant une trêve, ils l'initièrent à l'art de la débrouille, ils lui donnèrent une idée "juste" d'une population prête à se vendre pour presque rien, prête à croire à ceux qui promettaient des miracles, prête à suivre d'autres prophètes après l'échec des barbus.

Oulmène avait beaucoup appris auprès d'eux et il tenait à les avoir à ses côtés. Les astuces pleines d'ingéniosité qu'ils déployaient, il les avait déjà pratiquées à une plus grande échelle dans l'importation de médicaments, de produits vétérinaires et d'une multitude d'autres marchandises. Mais là, il était sur le terrain classique de la revente "en l'état", désormais il entrait dans un business d'une tout autre envergure. Il allait leur montrer ce que l'on pouvait faire quand on a le vrai pouvoir à ses côtés, quand les lois, l'administration et les gouvernements de façade ne sont plus des entraves.

Les copains de la rue regardaient avec amusement Zine Fertasse engoncé dans son costume sombre malgré la chaleur de ce début d'été algérois, s'épanchant en baisers sur les joues rebondies d'Oulmène. Ils se moquèrent de Fifi la Grenouille qui leur décocha un sourire prometteur puis se retourna vers Fertasse pour parler affaires. Ils observèrent avec intérêt le général Zaâma, le visage fermé, qui en était à son énième whisky. Ils ne le trouvèrent pas impressionnant pour un sou ; dans son petit costume étriqué, "le fauve" avait l'allure rassurante d'un employé de bureau. Ils rirent franchement en se donnant des coups de coude en observant Moumen Terfous, jouant au dandy, poitrine en avant et postérieur frémissant.

Ils reconnurent Ahmed Bouflissa, le patron du club de la Nassiriya. Celui-là ne les faisait pas rire, il leur inspirait depuis toujours du respect et de la crainte. Ils ne s'empêchèrent pas de souligner impitoyablement les disproportions morphologiques de Farouk Smendou, qui lui collait littéralement aux basques. "Une erreur de fabrique", conclut l'un des nouveaux membres du staff du Faucon vert.

Outre cette présence de rustres inconnus, les honorables agents des ambassades se perdirent en conjectures sur l'absence de Si Lamine à la réception. Le fait qu'il se trouvait dans une période rare où il n'exerçait pas de fonction officielle ne réduisait pas son importance particulière à leurs yeux. Son absence pouvait être interprétée comme une réticence de sa part à l'égard de l'entreprise Oulmène, mais la présence d'hommes qui étaient notoirement à son service achevait de semer la confusion. Oulmène ne s'en souciait pas. Il regardait avec amusement ce parterre de galonnés, de ministres, de cadres en tout genre se tordre le cou pour le voir ou tendre l'oreille pour l'entendre.

Lui se contentait de quelques hochements de tête et affectait une grande modestie. Il pensa un instant à sa sœur et sentit une bouffée de colère l'envahir, qu'il chassa vite de son esprit en regardant avec amusement les membres de son nouveau staff éparpillés parmi les convives et draguant le peu de femmes présentes. Son esprit était cependant ailleurs, à la fête spectaculaire qu'il allait organiser en Europe chez les gens de la haute. Il l'avait promis à Zerrouk, qui rêvait de côtoyer ces femmes et ces hommes qui font la couverture des magazines people et qu'ils admiraient tant.

Il ne se rendit même pas compte que les gens de la nomenklatura étaient déjà atteints par la fièvre du Faucon vert – l'histoire ne le retiendra sans doute pas, mais en cette soirée d'apparat, le premier à avoir été totalement saisi par la fièvre du Faucon fut le directeur de l'hôtel des Morisques. Dans cette clientèle oisive et dépensière, très sensible aux tumultes qui traversent les chefferies de clans, on attendait cependant la confirmation des auspices qui présidaient à la naissance de la nouvelle banque.

Le premier concerné était aussi le plus inquiet : c'était Tchabtchak, retranché dans un coin de la salle en compagnie de quelques apparatchiks d'un rang équivalent au sien. Il avait donné l'agrément à la banque d'Oulmène, officiellement dotée d'un capital de cinq cent millions de dinars ; en réalité, on n'avait pas encore vu la couleur du premier centime. Le directeur de la Banque centrale nationale avait croisé le regard d'Oulmène. Il eut la désagréable impression que ce personnage qu'il considérait au fond de lui-même comme une sorte de taré se payait sa tête.

Il se rappela les propos sibyllins de Si Lamine : "Tu connais bien la musique, n'est-ce pas ?" Mais ce mélomane de Tchabtchak n'apprécia guère la remarquable prestation de l'orchestre andalou qui n'arracha des larmes qu'à de très rares invités.

14

La montagne était paisible, un calme immobile y régnait. Deux semaines après le carnage du douar Lahmar, aucun mouvement suspect ne vint troubler la quiétude des lieux. La troisième semaine, rien ne se passa non plus. Dans l'impressionnant nid d'aigle d'Iberraden, la vigilance des lendemains de massacre s'estompa et laissa place à une paisible routine. L'émir Abou Raht se relâchait, il cessa d'être sur le dos de ses hommes. Une ambiance détendue s'installa progressivement, la Phalange verte goûtait au repos du guerrier. Dans une des grottes, les hommes se succédaient auprès des trois jeunes captives.

Ils devaient les liquider rapidement, mais Abou Raht, qui avait le privilège du rang, le droit de coucher avec elles le premier, craignait qu'une exécution trop rapide ne suscite des frustrations chez les hommes. Elles bénéficièrent d'un sursis et elles constituèrent un élément supplémentaire de démobilisation. Les hommes se succédaient dans la grotte et en sortaient en faisant des commentaires lubriques qui les faisaient pouffer dans leurs barbes hirsutes. Le maquis se payait du bon temps, *rest and relax*, comme chez les GI's…

Les jours qui avaient suivi le carnage avaient été tendus, en effet. Ils étaient convaincus qu'Abou Nihaya ne laisserait pas passer l'affront et ils l'attendaient. Pourtant, rien ne se produisit. Les éclaireurs envoyés revenaient avec des nouvelles intrigantes : Abou Nihaya et ses hommes avaient disparu. Abou Raht redoubla de vigilance. Les jours suivants, n'y tenant plus, il ne se contenta plus d'éclaireurs.

Il envoya une patrouille, convaincu qu'Abou Nihaya allait sortir de sa tanière pour leur tomber dessus à l'improviste. Les hommes désignés pour la mission le pensaient aussi, mais ils se résignèrent. Refuser un ordre était passible de mort. La patrouille revint avec des informations encore plus curieuses. Elle découvrit plusieurs casemates détruites et éventrées et quantité de signes d'un déménagement en règle. “Ils sont partis !”

Les hommes en étaient convaincus et ils se promenaient sur le territoire d'Abou Nihaya comme des conquérants, sûrs d'eux-mêmes. Mais ils rentraient dans leur repaire pour la nuit, Abou Raht demeurant circonspect. Il était néanmoins fier de ce qu'il considérait comme une extension de son territoire et dans ses harangues à sa centaine de combattants, il faisait l'éloge de l'esprit de conquête et qualifiait pompeusement son groupe d'une formule alambiquée et approximativement théologique : ils étaient “les dignes successeurs des meilleurs des prédécesseurs”.

Petit, trapu, le ventre aussi rebondi que celui d'une femme enceinte, Abou Raht arborait une longue barbe teinte au henné qui lui mangeait la majeure partie du visage, des yeux exorbités et larmoyants, et quand il se mettait à pérorer, l'écume se fixait aux commissures de ses lèvres épaisses. Il saliva encore plus en comparant la conquête du territoire des faux moudjahidin à la bataille de Badr menée par le Prophète. Lui et ses hommes baignaient dans une douce exaltation.

Ils s'attendaient à la réplique d'Abou Nihaya, à une guerre rude et sans merci, et voilà que l'ennemi déclarait forfait.

– Un faux moudjahid, une femmelette, décréta-t-il. Puis il eut la certitude d'avoir définitivement triomphé lorsque des hommes, de retour d'une reconnaissance aux alentours du douar, lui rapportèrent qu'un des hommes d'Abou Nihaya était demeuré, seul, dans la montagne.

– Il pouvait nous tuer, expliquèrent-ils, mais il s'est contenté de nous menacer avec sa kalachnikov. Il nous a dit qu'il était resté seul et qu'il voulait l'*aman*, la bénédiction de l'émir Abou Raht pour rejoindre le groupe.

– Qu'il vienne ! ordonna l'émir. Mais il fallut plusieurs contacts et un écrit signé de l'émir estampillé du nom de la Phalange verte pour que le combattant du groupe d'Abou Nihaya accepte de monter à Iberraden.

Il salua Abou Raht et lui remit son arme :

– Je suis corps et âme au service de l'émir.

– Où sont passés les autres ?

– Après ce qui s'est passé à Ouled Lahmar, il y a eu une grave *fitna*, une rupture au sein du groupe. Le *hakim* et deux autres hommes ont été tués.

– Quelle était donc la cause de cette *fitna* ? interrogea-t-il en usant de la langue arabe classique.

L'homme sembla hésiter puis s'enhardit :

– Le *hakim* était très en colère après le désastre de Ouled Lahmar, il voulait la guerre. L'émir Abou Nihaya et la plupart des hommes ont considéré qu'il fallait qu'un officier religieux vous déclare préalablement groupe pervers ou apostat. "Nous ne pouvons déclencher la guerre contre des moudjahidin sans une *fatwa* de l'autorité religieuse", avait proclamé Abou Nihaya. Le *hakim* s'est mis en colère et a pris son arme pour tuer l'émir, mais les hommes l'ont abattu.

Abou Raht buvait ses paroles et lui demanda de continuer.

– La mort du *hakim* a troublé les esprits, elle a provoqué un séisme dans la foi des hommes. Le diable a fait son œuvre. Abou Nihaya a perdu son autorité sur eux, Il n'était plus que l'ombre de lui-même. Il leur a dit : "Il en sera ce que vous déciderez." Je me suis mis en colère. Un émir qui abandonne sa charge, c'est la pire des situations, le chemin ouvert à cette démocratie perverse des Occidentaux, la ruine de la religion et de l'Oumma. Mais on ne m'a pas entendu, on m'a même empêché de participer à la réunion.

– La réunion ?

– Oui, émir, ils ont osé appeler cela une *choura* ! Ils pervertissent le sens des mots comme il est dit dans le Coran, qu'ils soient damnés !

– Tu aurais voulu qu'ils me fassent la guerre ?

– Si l'émir l'avait décidé, je n'aurais pas hésité, comme je n'hésiterais pas si j'étais sous ton émirat à faire ce que vous avez fait à Ouled Lahmar.

– Bien dit, brave moudjahid ! Et que s'est-il passé ensuite ?

– Ils ont parlé pendant des heures puis ils sont venus chez Abou Nihaya. Ce qu'ils lui ont dit, que Dieu les punisse, m'a révolté. Ce qui m'a révolté encore plus est que l'émir a accepté !

– Qu'ont-ils dit ?

– Qu'ils glissaient sur la voie de la perdition et que ce qu'ils faisaient dans cette montagne n'était pas du djihad pour Dieu mais une *fitna* ! Qu'ils avaient été aveuglés par leurs passions et qu'ils étaient responsables de la mort des gens de Ouled Lahmar.

– Ils se sont bel et bien égarés dans l'errance, ces gens sans foi.

– Ils ont décidé d'accepter la proposition d'amnistie du gouvernement, ce complot qu'ils nomment clémence.

– Qu'a dit Abou Nihaya ?

– Rien, il a juste dit : "Descendons !" Moi, j'ai hurlé en les traitant d'infidèles. Ils m'ont frappé, ils ont voulu me tuer, mais Abou Nihaya a dit qu'Abou Raht se chargerait de me déchirer les entrailles. C'est pour cela, émir, que je me suis caché.

– Quel est ton nom ?

– Abou Al Walid.

– Les sorciers mentent même s'ils disent vrai. Soit le bienvenu dans la faction qui est dans la voie de la vérité. Tu as l'*aman*, tu es désormais un soldat de Dieu après avoir été, sans le savoir, au service du tyran, de l'ignoble *taghout*. Va, va prendre du plaisir avec les femmes, que ta venue commence par des délices. Et ce qui t'attend au paradis est bien meilleur encore : les houris…

Abou Al Walid rougit à cette invitation, ce qui provoqua l'hilarité générale. Ils l'encouragèrent avec des gestes suggestifs :

– Encore puceau, Abou Al Walid ?

– N'oublie pas de prendre ta part de ce monde ! Abou Nihaya faisait-il de vous des eunuques ?

– Dieu a rendu licite pour nous de prendre des femmes infidèles ! Elles sont captives pour notre plaisir !

L'émir Abou Raht décida de clore le chapitre :

– Va et baise, ce soir nous enverrons ces putains infidèles en enfer.

Semblant surmonter sa timidité, Abou Al Walid demanda une faveur.

– Parle donc, dit Abou Raht, mimant l'emphase des comédiens campant le rôle du calife dans les séries télévisées égyptiennes.

– J'ai été trop longtemps dans l'égarement. Maintenant que j'ai trouvé la voie du salut, je voudrais me laver et passer la nuit en prières pour remercier Dieu. Épargnez les captives jusqu'à demain, je serai alors prêt.

– Qu'il en soit ainsi, dit Abou Raht. Va donc pour demain, nous te laisserons avec les femmes tandis que nous irons inspecter les nouveaux territoires que nous avons conquis, par la grâce de Dieu. Nous y accomplirons la prière du vendredi.

Endormis par la disparition durable des hommes d'Abou Nihaya, convaincus par Abou Al Walid de leur reddition sans gloire, Abou Raht et son groupe oublièrent les règles élémentaires de survie dans le maquis. Le dispositif de surveillance ne couvrait que les voies d'arrivée possible des forces gouvernementales, sans plus.

Les hommes d'Abou Raht ne décelèrent pas les changements survenus dans le paysage de ce qu'ils croyaient être un sanctuaire. Des buissons nouveaux qui auraient attiré l'œil de l'homme attentif s'étaient insérés entre le douar de Ouled Lahmar et le camp d'Abou Nihaya. Des indices ténus de casemates récentes sous les ruines calcinées des chaumières de Kheira et d'Abou Nihaya et quelques signes de vie dans le douar désert des Ouled Lahmar.

Iberraden était imprenable, les hommes d'Abou Raht pouvaient contenir tous les assauts et résister à de longs sièges. "La seule manière de les avoir est de les amener sur notre terrain. Nous allons nous enterrer et faire sortir le loup de sa tanière", avait ordonné Abou Nihaya. Des casemates contenant les provisions et de nombreuses caches avaient été délibérément éventrées pour confirmer le départ du groupe. Abou Nihaya et ses hommes se terrèrent.

Plus de trois semaines dans des réduits étroits où ils mangeaient, dormaient et faisaient leurs besoins les avaient transformés en animaux sauvages. Nul ne devait bouger sans l'autorisation de l'émir, même en cas de péril. Abou Nihaya attendait, sans fébrilité, dans un trou au bas de la colline d'Iberraden qu'Abou Al Walid entre dans la bergerie.

Quand il avait exposé son plan, ce dernier s'était porté immédiatement candidat. "Dans mon autre vie, j'ai été comédien, j'ai fait du théâtre à Constantine", expliqua-t-il à l'émir.

15

Abou Raht donna le signal du départ au lever du jour. Il envoya un groupe d'une trentaine d'hommes en avant-garde et les suivit une heure plus tard avec le reste de la troupe. Il laissa au camp d'Iberraden quatre hommes ainsi qu'Abou Al Walid.

– Amuse-toi, tu le mérites, lui enjoigna-t-il en souriant. Et il ordonna aux quatre hommes de ne pas le perturber quand il irait rendre visite aux femmes. Abou Al Walid rougit, ce qui suscita un rire sonore chez l'émir :

– Il est temps de te déniaiser, jeune moudjahid ! dit-il en donnant le signal du départ. Allons inspecter nos conquêtes !

Abou Al Walid était éberlué. Vivant sous l'autorité d'Abou Nihaya, il n'avait pas beaucoup d'estime pour l'intelligence d'Abou Raht, mais jamais il ne s'était attendu à ce qu'il pousse la stupidité aussi loin. Dégarnir à ce point le pic d'Iberraden était une décision tellement aberrante qu'il pensa : il est comme Saddam Hussein, celui-là !

Il jaugea les quatre hommes désignés pour garder le nid d'aigle et eut un sourire satisfait. C'étaient les moins aguerris, ceux qui en général sont plus destinés aux corvées qu'au combat. Il observa longuement la dizaine de grottes, certaines à peine plus profondes que de simples anfractuosités, entourées d'arbrisseaux et de buissons. L'approche en était aisée, les gardes n'étaient pas des foudres de guerre. Il ne serait pas trop compliqué de les avoir un par un, sans même avoir à tirer un seul coup de feu.

Les hommes le regardaient avec envie. Lui allait se payer du bon temps, mais eux étaient de corvée. Un seul s'installa nonchalamment au poste de garde, tandis que les trois autres se répartissaient les tâches.

– Moi, je vais nettoyer le palais de l'émir, dit l'un d'eux en désignant une grotte qui avait la particularité d'être la seule dont l'entrée était fermée par une bâche verte. Abou Al Walid se retint de pouffer :

– Le palais de l'émir ! Et pourquoi pas la Maison Blanche tant qu'on y est…

Les deux autres hommes se dirigèrent vers une grotte située à la droite du "palais".

Ils allaient faire la cuisine. L'émir aurait sûrement faim après avoir visité ses nouveaux domaines. Il les regarda s'enfoncer dans les grottes en se demandant quel serait son plan d'attaque. Il fallait liquider en premier lieu celui qui était installé au poste de garde et qui s'ennuyait ferme. Il se dirigea vers lui, hésitant, le front bas :

– Frère, j'ai…

– Quoi ? Qu'attends-tu ? Tu n'as rien entre les jambes ?

– Je dois t'avouer que je n'ai jamais fait ça et j'ai pensé que tu pouvais venir avec moi. Il y a suffisamment de femmes.

Il discuta une dizaine de minutes avant de le convaincre. Il lui assura qu'il n'y avait aucun danger et que les hommes descendus avec l'émir rendaient impossible toute tentative d'attaque contre Iberraden. Il lui fit remarquer qu'il risquait d'attendre longtemps avant d'avoir l'occasion de "pratiquer le sexe", puisque les captives seraient liquidées avant la nuit. L'argument porta.

Il prit son arme et descendit de son poste de garde. Il était même fébrile, impatient d'arriver chez les captives. Dans la grotte, les trois jeunes filles avaient des regards inexpressifs et vides. Elles semblaient être au-delà de la peur et de la douleur et affichaient une sérénité paradoxale. Elles connaissaient le sort funeste qui les attendait, mais elles avaient été tellement humiliées et violentées par des hommes absolument répugnants qu'elles en étaient devenues insensibles. Elles semblaient presque consentantes, pratiquement nues dans leurs vêtements transformés en haillons à force d'être déchirés par des hommes insatiables, avides et pressés.

À leur vue, sans mot dire, l'une d'elles s'allongea sur le dos, écarta les jambes et ouvrit les bras, laissant apparaître sa poitrine. Il y avait dans ces gestes d'abandon un tel désespoir, un tel renoncement qu'Abou Al Walid en fut ému. Au contraire, l'homme d'Abou Raht en était tout excité :

– Regarde, elle aime ça, dit-il en lui lançant une bourrade. Il tomba le pantalon sans attendre, posa son arme, une kalachnikov, à la droite de la jeune femme, s'affala sur elle et se mit à lui mordiller les seins. Les deux autres jeunes femmes regardaient Abou Al Walid et s'interrogèrent sur celle qui serait choisie, mais il les dissuada d'un mouvement de la tête.

La jeune femme écrasée sous le poids de son assaillant, que n'atténuait pas la peau de mouton usé qui servait de couche, eut un petit gémissement de douleur. C'était un cri presque inaudible, mais qui agit comme un signal pour Abou Al Walid.

Tout se passa très vite. Elle sentit le corps peser encore plus lourdement sur elle. La tête du violeur se souleva ensuite brusquement. Elle lut une intense surprise dans ses yeux, il se détacha d'elle tandis que ses bras s'agitaient en l'air comme ceux d'un noyé. Ses jambes étaient toujours sur elle, mais tout le haut de son corps bascula sur la gauche. Leurs regards se rencontrèrent un instant. Il y avait de la surprise et un début de terreur. Du sang gicla. Elle perçut une brève lueur dans ses yeux, puis sa tête pencha en arrière, presque disloquée ; elle n'était retenue au corps que par des lambeaux de chair.

Elle vit comme dans un rêve Abou Al Walid nettoyer méthodiquement son poignard avec le pantalon afghan du mort qui gisait à côté d'elle, chiffon grotesque. Elle pensa bêtement à l'Aïd, le bélier était immolé… Elle eut un rire nerveux, hoqueta puis se mit à pleurer, doucement. Les deux autres jeunes filles s'approchèrent d'elle et la serrèrent dans leurs bras.

Elles pleuraient aussi. Elles étaient seules, plus proches que des sœurs, aucun autre lien ne pouvait procurer une telle proximité, une sororité de la douleur qui les isolait du monde. Qui les en isolerait sans doute pour toujours, même si elles avaient la vie sauve…

– C'est presque fini, mes sœurs, se contenta de dire Abou Al Walid aux jeunes femmes. Il était incapable de trouver les mots pour les consoler. Les mots pouvaient-ils le faire ? Ce n'est pas avec elles qu'il utiliserait ses talents de comédien. Il sentit sa rage enfler, il en étouffait presque quand il quitta la grotte des femmes pour aller achever les autres, pour nettoyer Iberraden.

Abou Al Walid n'eut aucune peine à passer au fil du couteau les trois autres hommes. Il le fit sans hésitation, avec une froide détermination, et il ne ressentit rien en les voyant se vider de leur sang. Ensuite, il donna le signal convenu. Quatre coups de feu. Deux coups, un silence, un autre coup, un autre silence et un dernier coup. La citadelle d'Iberraden était prise, la chasse était ouverte.

Abou Nihaya et une dizaine d'hommes s'installèrent dans les rochers d'Iberraden. Les chasseurs sortirent de leurs trous, hommes sauvages, hirsutes, sales, rendus furieux par l'attente, assoiffés de vengeance. Un groupe coupa la voie de retraite vers la ville, les autres se lancèrent sur leurs proies.

– Tuez-les tous, mais gardez-moi Abou Raht !

C'est ce qu'avait dit l'émir. Le retour à l'air libre avait un goût de sang et ils prirent plaisir à le répandre. À la mi-journée, plus de la moitié des hommes d'Abou Raht, piégés dans un territoire qu'ils croyaient conquis, avaient été liquidés. Aucune reddition ne fut acceptée, aucun prisonnier ne fut pris. Les cadavres jonchaient la terre d'Iberraden. Quand l'attaque avait commencé, ils s'étaient lancés éperdument dans toutes les directions, vers Iberraden, mais partout la mort était sur leur chemin.

Toute la montagne, ses arbres, ses ronces, ses dénivellements, ses talwegs et ses clairières se liguaient contre eux et participaient à la mise à mort.

Pour la première fois depuis qu'ils s'étaient installés dans la citadelle d'Iberraden, les membres de la Phalange verte connurent la terreur et subirent la violence qui était devenue leur raison d'être. Une dizaine d'hommes accompagnant Abou Raht parvint au bas d'Iberraden. L'émir ausculta le promontoire de pierres où devait se trouver le garde chargé de veiller sur le sanctuaire. Il frissonna.

Abou Nihaya ! Il était là, debout, l'arme à la main, et le regardait avec mépris. La mort ! La mort le fixant froidement et qui semblait dire : c'est l'heure. De toutes parts, les hommes d'Abou Nihaya surgirent, silencieux, armes braquées sur leurs proies, ombres noires sur le qui-vive, attendant le signal.

– Donne-moi l'*aman*, lança Abou Raht. Il voulut ordonner à ses hommes de jeter leurs armes, mais ils l'avaient déjà fait sans attendre son ordre. Ils avaient levé les mains et attendaient, visages blêmes, lèvres tremblantes, pétrifiés. Les ombres noires s'avancèrent, ramassèrent les armes.

– Vous connaissez le chemin, dit l'un d'eux en désignant le sommet. Ils montèrent en silence.

À leur arrivée sur le terre-plein d'une trentaine de mètres, ils trouvèrent les jeunes filles assises dans un coin, se tenant fermement les mains comme si elles craignaient d'être séparées et de se perdre. Abou Al Walid fit un accueil ironique à Abou Raht :

– Vous chercheriez l'absolution, vous sollicitez l'*aman*, émir des croyants ? Quel est donc ce tueur qui n'est pas prêt à rencontrer la mort ?

– J'ai une fortune pour vous. Je demande l'*aman* contre cette fortune.

Abou Nihaya fit un signe du menton aux hommes. Ils dévêtirent les prisonniers, les firent asseoir en cercle et ordonnèrent à Abou Raht de se placer au centre, grotesque et encore plus laid dans sa nudité. Sa bedaine tremblait de toute sa graisse. Il était hagard. L'une des jeunes filles poussa un cri d'effroi qui le paralysa. L'odeur du sang avait commencé à se répandre, sous la chaleur accablante. Il pensa d'abord que c'était le sien. Il ne voyait pas le carnage, mais il le devinait.

Des cris de douleurs brefs et des coups de hache, le bruit des os qui se brisent... Les hommes d'Abou Nihaya travaillaient posément, avec application. About Raht utilisa son bras pour essuyer son visage couvert de sang. Il ouvrit les yeux, sa vessie et ses intestins se vidèrent brusquement : autour de lui des bras, des têtes, des troncs, des pans de cervelles baignaient dans une mare de sang.

– Où est ce trésor ? dit Abou Nihaya.

– Dans la grotte de... dans ma grotte, il y a de l'argent, des devises, de l'or, beaucoup d'or.

– Dans le palais du calife, se moqua Abou Al Walid en guidant trois hommes vers la grotte d'Abou Raht. Son rire eut un effet contagieux. Les bouchers rirent à leur tour, leurs dents paraissant plus blanches sous le masque rouge dont ils s'étaient couverts dans leur besogne d'équarrisseurs. L'une des jeunes filles se mit à vomir.

Abou Raht remarqua leur présence et leur cria en pleurant :

– Intercédez pour moi auprès de l'émir, j'ai épargné vos vies. Par Dieu, aidez-moi !

La jeune fille qui vomissait se leva subitement et cracha sur le visage d'Abou Raht. Elle y avait mis tout ce qui lui restait de forces et s'écroula, haletante.

– Il a cité le nom de Dieu, de Dieu ! Mon Dieu, mon Dieu !

Abou Nihaya observait la scène avec lucidité, mais avec l'intensité du désespoir : l'horreur ! Cette horreur infinie d'avoir des mots sacrés en partage avec tous les Raht de la terre, le même nom de Dieu à invoquer, c'était cela qui a rendu la vie insupportable au *hakim*. Face à la confusion et à la folie, le bon docteur avait choisi de se faire violence et de s'en aller. Elle avait raison, Kheira, il était un agneau perdu au milieu des loups. Mais à présent, le *hakim* lui semblait loin, très loin, quelqu'un qu'il aurait connu et aimé dans une autre vie, dans un autre monde.

Son monde à lui, c'était celui de cette ignoble crapule de Raht, un monde où l'on joue, où l'on continue à jouer sans cesse, jusqu'à l'ultime moment, sans règles, sans limites, avec juste le désir bestial de durer. Il regarda ses hommes, les mains et les visages rougis, et au fond du regard, une lueur de plaisir dément.

Pas de doute, lui et ses hommes ne vengeaient pas les gens d'Ouled Lahmar, ils ne tuaient pas pour le *hakim* ni pour punir ceux qui avaient troublé la quiétude de la montagne. Ils jouaient à être Dieu, comme Raht et tous les autres, ils étaient peut-être plus malins qu'eux, mais pas meilleurs. Eux aussi libéraient des pulsions longtemps enfouies et contenues par des valeurs qui avaient désormais perdu toute signification. Il comprit qu'ils avaient fait le saut depuis longtemps et qu'ils étaient entrés dans la partie en essayant d'être plus avisés que cette épave défaite qui suppliait des jeunes filles après les avoir violées. Ni Dieu, ni patrie, ni pureté, ni islam, ni laïcité toc, même les montagnes sont pourries, il s'agissait juste de composer avec ceux qui tiraient les ficelles en essayant de ne pas se faire avoir, de rester en vie.

Maintenant il devait comprendre, Raht devait lui dire qui tirait la ficelle qui l'animait. Il avait besoin de ce fil d'Ariane, de cette ficelle de marionnettiste pour comprendre la pièce et cesser d'y faire de la figuration. La guerre contre la tyrannie n'avait plus de sens religieux ni de sens moral et encore moins de réalité politique pour ces hommes d'action. Il fallait survivre... Et pour cela l'émir de la fin était prêt à tout, y compris aux arrangements avec ses ennemis, ses partenaires les plus implacables.

– Allez, Raht, dis-moi tout, explique-moi pourquoi tu as rompu notre accord.

– C'était les ordres de l'officier religieux ! Il a dit que les gens de Ouled Lahmar avaient demandé des armes aux autorités et qu'ils devaient être punis.

– Qui est-il, cet officier religieux ?

– Abou Mohamed Echouhayli.

– Inconnu au bataillon.

– Avant sa rédemption, il s'appelait Moh Ch'hili. Mais son vrai nom est Mohamed Reffas…

– Où est la *fatwa* ?

– Il n'y a rien d'écrit, c'est par son messager que nous recevons les instructions.

– Comment le contactes-tu ?

– Je ne le contacte pas, il vient ici le premier lundi de chaque mois. Il sera là dans cinq jours.

– Nous l'accueillerons.

– Oui, oui, dit Raht.

– Nous l'accueillerons sans toi ! Il est temps de débarrasser ce monde de ta présence.

– Une balle, une balle, émir, pas par le couteau !

– Laissez-le-nous, demanda soudain avec fermeté une des jeunes filles.

– Vous en êtes sûre ? demanda Abou Nihaya.

C'était une question de pure forme. Elles étaient toutes les trois debout, les yeux rivés sur le ci-devant émir, implacables.

– Il est à vous !

Elles prirent les poignards des mains des hommes et s'avancèrent vers lui. L'une passa derrière lui et le contraint à se lever en tirant avec violence sur sa barbe fournie et teinte au henné. La deuxième jeune fille lui mit le couteau sur la gorge.

Le souffle court, la tête retenue en arrière, il ne vit pas la troisième se baisser devant lui, saisir à pleine main ses parties génitales et couper d'un geste vif. Au moment où elle lui agita son membre ensanglanté devant les yeux, Abou Raht ressentit comme une décharge électrique, puis il eut conscience de la douleur.

Les jeunes filles le lâchèrent et reculèrent de quelques pas. Elles regardèrent en silence l'émir se vider de son sang, tandis que ses hurlements de douleur se perdaient dans la montagne.

16

Moh Ch'hili commençait à s'inquiéter du silence de son messager pour Iberraden. Il lui arrivait certes de rester plusieurs jours dans la montagne pour profiter des captives d'Abou Raht, mais cela faisait maintenant plus de deux mois qu'il était sans nouvelles. Il était inquiet, mais se refusait à spéculer sur ce qui avait pu arriver. L'éventail des probabilités était si large qu'il ne servait à rien de conjecturer.

Le mieux était d'attendre, il saurait d'une manière ou d'une autre. De plus, il débordait d'activités, le business est chronophage. Il devait gérer l'arrivage de trois containers d'appareils électroménagers et deux autres d'amandes et de fruits secs qu'il s'agissait d'écouler à la veille du Ramadhan.

À la demande de Bouflissa, il s'était également investi au cours des derniers mois dans le soutien à l'élection présidentielle d'un vieux cheval de retour qui prônait maintenant la "concorde civile". Le carnage de Ouled Lahmar et plusieurs autres avaient en effet fait grand bruit. Le pouvoir du général-président devenait si impalpable que ce dernier avait décidé de partir avant l'heure : il voulait bien tenir le rôle de pantin, mais pas celui de strip-teaseuse.

Des élections se préparaient donc et Bouflissa suggérait de calmer les ardeurs des troupes de Raht. "Qu'ils campent tranquillement, c'est mieux que de goûter au napalm", lui avait-il dit. C'était toujours de cette façon qu'il s'exprimait, jamais d'ordres directs, juste de vagues orientations pouvant passer pour de simples opinions. Il incombait à Moh de les traduire en directives à ses troupes. Le message adressé à Raht était simple désormais : ne bougez plus jusqu'à nouvel ordre. Raht obéirait, non par discipline, mais parce que c'était lui, Moh Ch'hili, qui faisait fructifier son butin et en reversait une partie à sa famille.

Des gens d'ailleurs pas très malins qui, au lieu de se faire discrets, avaient acheté une dizaine de microbus. Ces signes extérieurs de richesse avaient tant fait jaser dans leur quartier, à Bentalha, que les autorités s'étaient senties obligées d'en arrêter quelques-uns et de les mettre à l'ombre. Moh Ch'hili avait dû intervenir auprès de Bouflissa, qui régla le problème à sa manière : les deux frères de Raht écopèrent d'un an de prison pour une vague accusation de fraude fiscale, mais les microbus ne furent pas saisis. Moh se chargea de les revendre et imposa aux Raht de ne plus se lancer dans des activités visibles qui "suscitent le mauvais œil des envieux".

Le soleil se couchait, Moh Ch'hili entra dans la salle d'eau, située au fond du magasin, pour faire ses ablutions avant d'aller à la mosquée. Ne jamais rater une prière à la mosquée, s'y rendre même une bonne dizaine de minutes avant le début de la prière, se faire voir, aider les gens, faisait partie de la politique de proximité de Moh Ch'hili. Il avait d'ailleurs été l'initiateur de la construction de cette mosquée dans le quartier. Les autres commerçants ne firent aucune objection à participer au financement de l'édifice, qui donnait l'onction du hallal à leurs négoces. Histoire de "purifier" au nom d'Allah un argent dont l'origine, de toute évidence, était douteuse et d'acheter une respectabilité sujette à caution.

Moh Ch'hili revêtit un *kamis* d'un blanc immaculé et se rendit à pied à la mosquée, qui se trouvait à moins de deux cents mètres de chez lui, saluant au passage des connaissances. Sur l'esplanade, quelques vieux et de nombreux jeunes attendaient l'appel à la prière en devisant paisiblement. Les jeunes aux barbes naissantes parlaient surtout de religion en suçant des morceaux de bois qui passaient pour être le dentifrice du temps du Prophète et qui étaient jugés plus efficaces et plus dignes d'être utilisés que les produits modernes, dont on ne savait s'ils ne contenaient pas des produits prohibés comme la graisse de cochon ou des testicules de sangliers.

Ils discutaient, comme toujours, de la juste manière de procéder aux petites et aux grandes ablutions, de la position des pieds au moment de la prosternation, de l'impératif de s'accroupir au moment de boire de l'eau, de la souffrance du tombeau, de la licéité de la masturbation, des filles non voilées et du prix terrible qu'en payeront, ici-bas et dans l'au-delà, les frères, les pères et les maris laxistes. Certains s'empressèrent de saluer Moh Ch'hili, d'autres, visiblement défoncés au shit sur lequel ils s'abstenaient de demander l'avis de la religion, le regardèrent avec des yeux vides. Et quelques visages inconnus, des gens de passage probablement ; il n'en manquait jamais dans ce bazar où l'on vient de partout et où l'on trouve toujours ce que l'on cherche si on y met le prix.

La mosquée était déjà presque comble lorsque le muezzin lança l'appel à la prière. Pour éviter la chaleur tout en faisant des économies sur la facture d'électricité, seules quelques lampes étaient allumées aux quatre coins de la mosquée et près de la chaire. Les fidèles étaient plongés dans l'ombre, mais là où les lampes étaient allumées, certains d'entre eux lisaient le Coran. Moh Ch'hili traversa la mosquée dans toute sa longueur, enjambant de nombreuses épaules, pour se placer au premier rang, juste derrière l'imam.

Celui-ci avait sans doute quelque affaire urgente à régler, car il expédia la prière, se contentant de courtes sourates, celles que l'on apprend aux enfants. Ayant accompli ses obligations, la foule des fidèles sortit de la mosquée. Dehors, des marchands de fruits lançaient des offres racoleuses, certains hurlant à tue-tête que "même le pauvre pouvait se remplir la panse et se rassasier". Moh Ch'hili sortit parmi les derniers et partit d'un pas tranquille vers sa maison. Il songea, amusé, en écho aux hurlements aguicheurs des marchands, que seuls les appâts de sa nymphette Zoulikha étaient en mesure de le combler. C'était normalement le jour de l'autre, mais, se dit-il, la justice n'est pas de ce monde. Il tourna vers la grande rue qui montait vers sa maison.

Peu de passants... Il sentit quelqu'un marcher derrière lui, à une dizaine de pas. Il se retourna ; un visage étranger, celui d'un jeune homme maigre et imberbe qui le salua d'un mouvement de la tête et poursuivit son chemin. Moh Ch'hili le laissa passer et attendit un long moment avant de poursuivre sa marche, le dos raidi, aux aguets, prêt à réagir... Il parcourut les cent mètres qui le séparaient de sa maison en état d'alerte, ne sachant pas vraiment de qui il devait avoir peur, mais fermement décidé à ne pas "laisser sa mère pleurer".

Elle ne pleurera pas cette nuit, se dit-il en arrivant, soulagé, devant la porte de sa maison. Il emprunta l'escalier en béton brut et monta vers l'étage de Zoulikha. Il entendit des pas derrière lui et comprit immédiatement : il n'avait pas été suivi, mais précédé.

Souriant d'une bouche déjà délestée d'une partie de sa façade dentaire, l'homme agita négligemment un pistolet en lui faisant signe de se taire. Il lui indiqua l'appartement de Zoulikha :

– Tu es attendu.

C'est l'heure, se dit Moh Ch'hili. Il n'essaya pas de deviner qui ils pouvaient être ; le registre des ennemis et des tueurs était trop long. Bouflissa aurait pu chercher à le liquider en demandant au général Zaâma d'envoyer ses hommes ; mais ce pourrait être aussi des concurrents jaloux écœurés par sa bonne fortune... Il avait beau se dire être préparé au saut définitif, il avait peur, trop envie de vivre et de profiter des plaisirs terrestres et cela faisait trop longtemps qu'il ne trouvait aucun réconfort dans la promesse du paradis, dans la roulette de l'au-delà, s'il existait vraiment ; il était plutôt assuré d'aller en enfer, sous les regards moqueurs de tous ceux, fort nombreux, qu'il avait entubés et envoyés à la mort.

L'homme lui demanda d'entrer dans l'appartement de Zoulikha :

– Fais comme chez toi, dit-il en souriant. Un seul homme dans l'appartement, pas la moindre trace de Zoulikha. Des cassettes pornos avaient été jetées à terre. L'homme le regarda, méprisant :

– Tu peux me dire pourquoi je ne suis pas surpris de trouver le Coran à côté de films de cul ?

Désarçonné par la question, Moh Ch'hili se contenta de regarder l'homme qui lui faisait face. Après un long moment, il s'enhardit :

– Ma femme, ma famille...

– Ils ont rejoint les gens de Ouled Lahmar. Tu connais Ouled Lahmar ?

– Non, je ne les connais pas.

Il n'avait rien à perdre à mentir.

– Abrégeons, répondit l'homme, j'ai un cadeau pour toi.

Il se leva et se dirigea vers un cabas posé sur la table basse. Il l'ouvrit et en sortit une tête. Moh Ch'hili eut un haut-le-cœur. Sans barbe, les cheveux ras, le messager avait les yeux grands ouverts et le regardait avec perplexité.

– Qui est-ce ? se hasarda-t-il, bien décidé à continuer à mentir.

– Lui te connaissait et il connaissait très bien Ouled Lahmar.

– Je ne sais pas de quoi tu parles, mon frère, je suis un commerçant, c'est tout. Tu veux de l'argent, je t'en donne...

– On s'est déjà servis, lui répondit-il en désignant une grosse valise noire. Ta caisse, on l'a déjà prise. Il se tut un long moment puis repris : je ne crois pas que tu aimes tes gosses ou tes femmes, mais tu vas tout me raconter, sinon je vais en faire de la viande hachée sous tes yeux avant de te tuer lentement.

Moh Ch'hili parla longuement, sans rien omettre, ni le rôle de son parrain Bouflissa, ni l'arrangement qu'il avait conclu avec lui.

– Un vrai fils de pute, conclut Abou Nihaya. Tu vas continuer à faire le trottoir pour notre compte aussi, on prend désormais une participation majoritaire dans ton business. Tu continueras à passer les commandes, on se chargera du reste. Rien n'a changé ! Et tu as intérêt à ce que ça marche…

Moh Ch'hili resta prostré longtemps après leur départ. Ce fut Zoulikha qui s'était résolue à sortir de l'appartement où elle était confinée avec l'autre épouse, qui le réveilla de sa stupeur. Il la regarda, hébété, puis la mémoire reflua et il fut pris de vifs tremblements. Elle l'emmena au lit et lui fit avaler une infusion.

Plus tard, dans la nuit, il se réveilla en sueur. Il songea qu'il avait une veine de pendu et que sa vie était vraiment tout bénéfice.

17

Un épais brouillard avait caché le soleil et la ville étouffait dans une serre poisseuse. On transpirait au moindre geste. Le moindre mouvement coûtait. Même parler était pénible. Alger connaissait un de ses jours caniculaires, gris et sales, qui portent sur les nerfs, rendant tout le monde encore plus irascible que d'habitude. Dans les quartiers pauvres où des générations entières s'entassent par vagues successives dans le maelström périphérique, la police enregistra une multiplication des incidents nocturnes.

De nombreuses bagarres entre voisins se dénouèrent violemment à coups de couteau, de barres de fer et de manches de pioche, le nombre des femmes massacrées par leurs époux avait été multiplié, il y avait eu trois fois plus d'incendies. Dans les obscurs et multiples recoins où les jeunes se défoncent à la colle Patex ou à l'alcool à brûler, on avait ramassé quatorze cadavres. La plupart avaient été égorgés, parfois même carrément décapités. Deux nouveau-nés morts avaient été découverts au petit matin dans des sachets en plastique noir, dans l'infernale et gigantesque décharge d'Oued Smar, que des enfants sans toit ni famille fouillaient avec l'assiduité et l'énergie de la survie dans le cauchemar quotidien.

Dans le jour qui pointait, un semblant de fraîcheur s'était fait sentir, mais l'on pressentait tant sa fragilité qu'elle était sans espoir. La nouvelle journée promettait d'être aussi lourde, suffocante et gluante que celle qui s'était estompée dans les fureurs de la nuit. Seule une pluie franche pouvait libérer la ville de son état de chaudron et rien ne présageait qu'elle allait venir. Dans cette ville à la mémoire vacillante, on s'installait dans l'expectative, dans la crainte d'un séisme qu'on pressentait dans cette météo infernale.

Dans son lit, Zahida Nassimi, née Oulmène, transpirait elle aussi. La nuit avait été l'une des plus longues de sa vie. À peine s'endormait-elle qu'elle se réveillait en sursaut, en nage, sous le regard sévère du patriarche dont le portrait trônait au-dessus de la commode. Il avait beau ne pas être dans son champ de vision, elle le sentait, aussi présent que s'il avait été là, avec sa mine sévère et déterminée. Sur la photo, le patriarche n'avait encore que trente ans ou guère plus. Il était debout, en treillis vert, à côté d'une jeep.

Juste avant sa mort, il y a huit ans, il avait encore le même regard soupçonneux que sur cette photo, avec cette attitude tendue d'homme sur ses gardes mais aussi de chasseur prêt à bondir sur sa proie. Ses amis ou ceux qui passaient pour tels – elle avait appris au fil du temps qu'il n'en avait pas vraiment – l'appelaient d'ailleurs l'"aigle". Elle trouvait que cela correspondait bien à son tempérament. Il n'avait jamais baissé la garde, sauf avec Mokadem son rejeton, son héritier : cet homme sévère, à la mine sombre, s'éclairait soudain à sa vue. Il l'avait couvé, gâté au-delà du raisonnable. Et le garçon, sans qualités ni talents particuliers, avait compris très tôt qu'il était la faiblesse de son père et que cela faisait sa force à lui.

Elle regarda à nouveau le portrait du patriarche. Le début d'embonpoint et les joues pleines n'atténuaient pas la dureté de l'expression ni ce côté fourbe qui, pour de bonnes ou de mauvaises raisons, allait être la marque de fabrique de toute une génération. Elle ne lui connaissait pas de photos plus anciennes que celle-là, vieille de quarante ans. Des photos plus récentes, elle en avait des centaines, certaines avec le groupe restreint des hommes qui décidaient, mais aucune ne lui semblait aussi vraie que celle-ci. On aurait dit que cette prise n'avait été qu'un instantané de sincérité dans une vie de dissimulation, un moment rare où le chasseur dans un sourire à peine esquissé affichait son appétit et regardait une proie indéfinie mais sans doute pleine de promesses.

Moment rare ? Plutôt unique, se dit-elle en songeant que toutes les autres photos cachaient l'homme derrière un masque. Il y était semblable à tous les autres, un ancien combattant affectant la sévérité. Jusqu'à ses derniers jours, il avait gardé cette discrétion, cet effacement apparent, acquis dans les services secrets de la révolution. Il avait conservé aussi cette propension à chercher même dans les comportements les plus anodins une raison cachée, une entreprise inavouable, une faiblesse à exploiter ou "une petite frappe à coucher dans le registre des indics", comme elle l'avait entendu dire une fois à l'un de ses amis à propos d'un ancien dirigeant ambitieux et retors de la Banque centrale nationale.

Il l'avait dit sur un ton banal, monocorde. Ce n'était même pas une insulte. Il n'y avait rien de personnel, juste le constat glacial d'un propriétaire à l'égard de l'armée de régisseurs à qui l'on confiait la tâche de s'occuper du domaine. "Si on avait écouté les diplômés et les gens qui ont de l'instruction on en serait encore à cirer les bottes des colons", lui avait-il expliqué un jour. Elle avait haussé les épaules, réprimant l'envie de lui dire toute son aversion. Ces gens instruits qu'il méprisait ouvertement avaient quand même fabriqué les légendes des chefs. Ils avaient forgé des faux héros et en étaient devenus les prisonniers.

Il n'était pas un héros à ses yeux. Il s'était juste placé dans le camp des vainqueurs, dans cette bureaucratie naissante qui surveillait les gens et qui allait devenir par la suite l'Institution, comme la nommaient ses membres plus ou moins lettrés, l'omnipotente Sécurité militaire... Là où se gère le registre des indics, comme il disait. Contrairement à bien des gens de sa génération, elle avait été vite dégrisée des héros. Elle se souvenait d'un préfet cultivé, un des rares dans ces années naïves de l'Indépendance, qui avait porté un jugement définitif sur les nouveaux maîtres : "Gosses, ils n'ont pas eu le plaisir des jeux d'enfants. Maintenant, ils sont trop vieux pour ces jeux-là, alors ils ont fait de l'État un jouet." Elle avait été choquée par ce jugement cynique. Mais elle avait rapidement compris que le préfet n'avait pas tort. Pour prendre du galon, son père avait commencé par régler son compte à sa propre épouse, la mère de ses enfants.

Il avait débarqué du Maroc pour les emmener à Alger et, quelques mois plus tard, il épousa Djidjigua, une infirmière rencontrée lors d'un séjour à la clinique des Fraisiers, où il faisait soigner un ulcère récurrent. Sans un mot, sa mère fit une valise, une seule, et repartit au bled. Elle ne chercha pas à l'emmener avec elle. Elle savait qu'il était inutile d'essayer. La mère s'était contentée de l'embrasser sur le front, en silence. Sur le moment, la petite fille qu'elle était lui en avait voulu. Plus tard, ces gestes menus et silencieux du dernier jour qu'elle accomplissait avec précision, sans hâte, lui parurent l'expression d'un héroïsme désespéré.

Son père n'accorda pas le divorce à sa mère et il poursuivit de sa vindicte sa famille, chez qui elle était retournée. Il agitait rageusement le poing quand il parlait d'eux. On ne sut jamais pourquoi le grand-père maternel fut embarqué un soir par la milice pour croupir plusieurs années en prison, mais elle était certaine que c'était à son instigation. Mais sa mère ne revint plus. Elle fit une grimace au portrait de l'homme et se mit à la fenêtre.

La nuit ne se décidait pas à partir, s'offrant un sursis, mais la ville reprenait lentement son mouvement frénétique. Dans la rade d'Alger, des dizaines de navires attendaient depuis des jours de décharger leurs cargaisons. Leurs commandants se soûlaient tout en faisant les comptes des royalties.

Elle crut reconnaître le *Djidjigua*. De loin, avec ses feux allumés, il semblait superbe. Djidjigua, la femme de son père, la lubie marine de Mokadem, armateur de l'illusion. Mokadem, corsaire d'Alger ? Un vulgaire forban plutôt. Une insulte aux mânes des marins de la Régence. Il n'avait pas d'agrément, mais depuis quelques jours, il louait des locaux pour les agences de sa banque. Il parrainait des clubs de football, s'occupait généreusement des journalistes qui le lui rendaient bien. Dans un journal français, elle avait lu qu'il serait le "petit prince" du capitalisme algérien. Elle en avait eu un hoquet de dégoût. "Pardon Saint-Ex, ils ne savent pas qu'il n'est qu'un petit émir, un parmi les centaines qu'on nous a créés."

Elle en détesta sa ville qui commençait à s'intéresser à ce nouveau roi de l'esbroufe. Sa ville qu'elle aimait tant et qui, malgré les flétrissures infligées, conservait une grâce émouvante. Alger captive entre des mains de naufrageurs qui n'avaient pas le pied marin. Alger qui enflait par ses bords dans des bâtisses hideuses et qui portait ses ruines comme un glaive rouillé entre les mains d'un soldat en déroute.

"Cette mosquée mérite bien cet imam", lui avait dit un jour un vieux sage en se moquant des foules qui avaient cru voir des signes divins dans les cieux, lors d'un meeting islamiste. Alger méritait peut-être ce roi de pacotille, cet incapable qui la menait en bateau... Alger qui rêvait d'acheter ce que son demi-frère était prêt à vendre : du vent, de la fumée et des illusions...

Le téléphone se mit à sonner. C'était Djidjigua. Elle mit un certain temps à comprendre ses propos confus. Elle allait mal, elle voulait la voir vite. Qu'elle crève ! pensa-t-elle. Déjà, quelques semaines plus tôt, Djidjigua avait tenu à la convoquer avec Oulmène pour parler des affaires de ce dernier et l'entrevue avait été orageuse ; elle était partie en claquant la porte. Elle décida de ne pas y aller, mais machinalement elle commençait à s'habiller. Finalement, elle n'allait pas se priver du plaisir de lui dire une bonne fois pour toutes ce qu'elle pensait d'elle, l'usurpatrice, elle qui avait évincé sa mère. Le vaincu s'offre les vengeances qu'il peut. Elle prit son temps et se maquilla avec soin. Elle était prête à affronter au volant de sa Daewoo la redoutable épreuve de la conduite dans les rues d'Alger.

"Joséphine, Joséphine, rends-moi mes papiers / je mettrais ma tête sur le rail / devant deux témoins..." Bloquée place Addis-Abeba par une policière qui semblait complètement dépassée par le capharnaüm automobile, elle écoutait avec amusement le tube qui faisait fureur. Elle perdit sa bonne humeur en entendant au flash d'informations que le groupe d'Oulmène Mokadem offrait deux stations de dessalement d'eau au pays qui crevait de soif. Quel coup fourré prépare-t-il encore? se demanda-t-elle en démarrant en trombe devant la policière qui lui décocha un regard assassin.

Quand elle arriva à la maison de sa belle-mère, elle déchanta. À l'évidence, elle se portait comme un charme. Elle n'eut pas le temps de se demander pourquoi elle l'avait convoquée en prétextant son état de santé. Djidjigua entra immédiatement dans le vif du sujet, beaucoup plus directe que la dernière fois avec Oulmène: "Ton frère se lance dans une grande entreprise, il faudra que tu l'aides." Elle la regarda interloquée et attendit, sur ses gardes, qu'elle dise ce qu'elle attendait d'elle. Djidjigua parlait sur un ton impérieux. Zahida avait beau avoir mené sa vie loin d'elle et de son père et vivre sous le nom de Nassimi – celui d'un ex-mari qu'elle avait refusé de suivre au Canada et qui l'attendait encore –, sa belle-mère se comportait comme si, au nom des mânes de son époux, elle faisait partie de ses possessions.

– C'est d'une banque qu'il s'agit et elle portera haut le nom des Oulmène.

– Qu'est-ce qu'un piètre étudiant en chimie peut faire dans la finance?

Zahida savait que sa marâtre n'appréciait pas de la voir afficher ouvertement son mépris pour son frère, mais elle ne pouvait s'empêcher de le faire. Elle sentit l'irritation croissante de Djidjigua mais, à sa grande surprise, elle parla avec douceur:

– Il faut convaincre ton patron de placer une partie de l'argent de la caisse des retraites dans la banque de ton frère, il a vraiment besoin d'un coup de pouce.

Zahida sentit la sueur dans son dos. Comment se permettait-elle une telle demande? Elle ne lui devait rien! Responsable juridique de l'Omnium des retraites, elle avait obtenu ce poste grâce à ses diplômes et à sa rigueur professionnelle. Demander à Sadek Bounab de placer l'argent de l'Omnium chez son frère! Toute une moitié de vie menée dans les cercles des militants de gauche à essayer de se forger un nom à elle, à oublier celui d'Oulmène, pour se retrouver en train de jouer la rabatteuse pour le rejeton de son paternel...

– Là où je travaille, personne ne sait que je suis la sœur... Ne compte pas sur moi!

Elle avait envie de crier, mais se retint. Elle parla calmement, avec une détermination que Djidjigua perçut comme un affront. Furieuse, cette dernière se leva en lançant un "Ingrate! Sale garce!" et quitta le salon. Zahida sortit à son tour de la maison en claquant la porte, comme la fois précédente. En ouvrant la portière de sa voiture, elle eut le sentiment que son frère l'observait de l'une des fenêtres. Elle ne résista pas: elle fit un bras d'honneur à la maison et à toute la lignée des Oulmène.

– Plutôt crever que d'être des vôtres!

Elle claqua la portière et se promit de mettre en garde Sadek contre la banque de son frère.

18

– Âne bâté ! s'exclama Sadek Bounab en se rabattant brusquement sur la droite dans un crissement affolé des pneus qui soulevèrent des gravillons et de la poussière. Le camion avait surgi subitement dans la nuit au détour du virage, au milieu de la route, et fonçait droit sur lui. Par pur réflexe, il avait braqué sur la droite pour éviter l'énorme engin qui passa en jouant du klaxon. Il freina une trentaine de mètres plus bas et descendit de la voiture.

– Putain ! s'exclama-t-il en constatant qu'il était à peine à quelques centimètres du ravin. Putain ! dit-il encore une fois en allumant nerveusement une cigarette. Ses jambes tremblaient et il s'assit à même le sol, le souffle court. Il reprit doucement sa respiration en tentant de deviner dans la nuit noire une mer qu'il sentait proche. D'habitude, sur cette route de Tipaza à Alger, il essayait de retrouver les odeurs d'absinthe, de lentisques et de la terre rouge évoquées dans les essais de Camus, ces textes reniés par l'auteur, ses plus sincères de l'avis de beaucoup. Mais aujourd'hui, il n'était pas à la noce, ce camion stupide avait poussé à l'incandescence la terreur, sa compagne depuis des années.

Une boule dure entre le ventre et la cage thoracique, devenue le thermomètre permanent d'une peur généralisée. Il ne fut guère rassuré de découvrir que beaucoup de ses camarades traînaient cette même boule au sternum, qui lui donnait en permanence une envie, jamais réalisée, de vomir. À cet instant, la boule s'était transformée en tumeur, il sentait qu'elle saignait. Il avait repris son souffle, mais elle continuait à palpiter, douloureusement, comme un second cœur en panne de sang.

Il se mit à la masser. Doucement, pour ne pas aggraver la douleur, pour dénouer l'entrelacs de nerfs qui fabriquait sa nausée. Il détestait cette boule, elle minait ses élans de faux courage et son mépris affecté de la mort. Il se forçait à dire que ce n'était pas la mort qui l'affolait, mais la manière de mourir. Une balle, c'est propre et rapide, se faire découper vivant au hachoir – comme le fut au cœur même de la ville et en plein jour un ami sociologue – était le pire dans l'échelle sismique de la terreur.

Lui et ses amis avaient fait de la "boule" un facteur essentiel : elle était devenue le moi, le surmoi, le carburant de toute chose. Quand quelqu'un s'en allait ailleurs en quête d'une vie paisible, on disait que la boule l'avait emporté. Pour ceux qui restaient, la boule était devenue l'explication de tout et de rien. Pour l'apprivoiser et aussi mettre un semblant d'ordre dans sa tête, Sadek Bounab avait dû par exemple "choisir son camp". Comme beaucoup d'autres, il avait choisi d'être contre les barbus. La République contre les obscurantistes, le progrès contre la réaction, l'avenir contre le passé, c'était simple, clair, net, à condition de ne pas réfléchir, de ne pas se préoccuper plus avant des – très – gros détails qui compliquaient le tableau.

Des restes de dignité, Sadek Bounab pensait en avoir conservé et s'il avait la "boule" d'être découpé en rondelles, sa panique n'était pas moins grande à l'idée de partir sans avoir vraiment fait quelque chose de bon. C'était devenu une obsession depuis que la mort rôdait.

Un autre camion arriva, le chauffeur ralentit en le regardant avec curiosité. Il devait offrir un drôle de spectacle ! Un quinquagénaire en costume-cravate, assis en pleine nuit au bord d'un ravin en rase campagne, s'adressant apparemment à des ombres… Il se força à ne pas regarder le conducteur du camion, qui d'ailleurs accéléra avant de se perdre dans la nuit. Puis son idée fixe le reprit : il avait failli y passer ! Échapper à la guerre pour mourir d'un accident, quelle connerie ! Il tenta de détourner la terreur en se moquant de lui-même.

Bounab ! Ce cheval enfant qui n'est pas parti bien loin ! Il était là, il n'est plus là, point barre, une vie pour rien. Mort comme il a vécu, bêtement. La seule chose qu'il aura laissée, des écrits rédigés sur du papier pelure pour le parti de l'avant-garde – qui, il en était persuadé, avaient dû atterrir dans son dossier bleu chez les agents de la Sécurité militaire. Ah oui, il aura laissé aussi un litige entre deux femmes ! La mort révèle toujours ces choses et, souvent, ces bonnes femmes se mettent à tant se haïr et à haïr le défunt qu'elles en oublient le deuil. Même pas une femme pour te pleurer, Bounab, elles seront trop occupées à chercher ce que tu leur auras laissé comme biens et comme trahison.

Il pensa à ses "camarades" devenus directeurs de journaux. Il les voyait bien se fendre d'une nécro fallacieuse : "Sadek Bounab, PDG de l'Omnium des retraites, militant progressiste et ardent défenseur des droits des femmes, nous a quittés dans un accident de voiture, sur une route de Tipaza." Sans doute occulteront-ils le fait que ce partisan de l'abrogation du Code de la famille était bigame et qu'il aimait cela. Oui, il adorait avoir, à l'ultime minute, la possibilité de déserter la couche officielle et partir terminer la nuit dans la transgression pour tromper sa solitude.

Mort sur une route de Tipaza ! Très camusien, se dit-il railleur. Quelle nécro ferait-il à la place de ses amis journalistes rouges, un peu flics et aujourd'hui devenus millionnaires ? Il tira goulûment sur la cigarette et envoya la fumée vers la mer dont il percevait le doux ressac. "Sadek Bounab, mort dans la soirée d'un pieux vendredi, sur une route de Tipaza, dans les temps morts d'un match truqué… Le gardien de but Camus n'y est pour rien !"

Il éclata de rire. On ne pouvait quand même pas accuser l'écrivain pour les facéties des officiers des bureaux arabes qui, à la fin de la pénétration coloniale et après la dispersion du clan Siblaoui, avaient infligé à sa famille ce risible patronyme de “Bounab”, l’“homme aux incisives”… Quelle foutaise! Longtemps, ce nom lui avait causé de la gêne, voire de la honte, mais ce sentiment s’atténua vite quand il découvrit que dans sa Jijel natale, beaucoup de gens avaient hérité de patronymes autrement plus humiliants et orduriers. Bounab ? L’homme sans dents alors, songea-t-il tandis que la fatigue l’envahissait de manière soudaine. La frayeur était passée, mais son corps s’était mis à peser si lourd qu’il se demandait s’il était encore capable de se mouvoir.

Il s’arracha du sol doucement, se mit à genoux avant de se soulever péniblement. Il se dirigea vers la voiture et s’assit au volant. Il demeura ainsi de longues minutes, immobile, les yeux clos. Aller jusqu’à son appartement de la Coopemad, sur le plateau des Annassers, sur les hauteurs d’Alger, lui parut au-dessus de ses forces. Quelque chose le retenait de revenir vers cette cité, bien cotée par les agences immobilières, que des cadres obéissants et carriéristes privilégiés occupaient en attendant d’édifier leurs maisons individuelles.

Sa femme avait dû coucher les enfants et il l’imaginait, installée devant une télé en sourdine pour ne pas les réveiller. Selma, vieille compagne de lutte, en avait rempli aussi des lignes sur du papier pelure pour hâter l’avènement du grand soir, la prise du palais d’hiver version barbaresque annonçant les jours radieux du socialisme scientifique. Ils n’en parlaient plus entre eux, comme si cette période qui avait couvert la meilleure part de leur vie commune n’avait jamais existé.

Oubliées ces réunions dans l’appartement d’un ami où l’on décortiquait les événements et l’on comptabilisait d’illusoires victoires sur l’impérialisme et la réaction interne, oubliés ces élans amoureux dopés à la lutte des classes, ces étreintes volées dans les longues promenades de la forêt de Bouchaoui ou sur les plages du Figuier. Ils avaient laissé toutes ces choses de côté, comme ça, en silence, dans un renoncement inexprimé, non qu’ils aient cessé d’y croire, mais parce que la réalité les démentait avec une ironie cruelle.

Sans s'en rendre compte au début, ils n'eurent plus grand-chose à se dire. Sans se le dire aussi, ils continuaient dans la routine d'une vie commune démarrée sur une communauté d'idées aujourd'hui révolues et qui se perpétuait vaguement dans les soucis domestiques, dans la gérance inquiète de l'évolution chaotique de leurs deux garçons. Il sortit son téléphone portable et l'appela :

– Salut, Selma, pas encore endormie ?

– Non, où es-tu ?

Il ne perçut aucune trace d'inquiétude dans sa voix, à peine un brin de reproche pour être si en retard.

– Écoute, je ne peux pas venir, trop bu, je n'ai pas envie de conduire, je passe la nuit chez des amis.

– Tu aurais pu appeler plus tôt !

– Ce n'était pas prévu, Selma ! À demain !

– À demain !

Le ton était indifférent, Bounab haussa les épaules. Il allait retourner chez Linda, qui n'était plus sa maîtresse depuis un mois : en vertu de ce Code de la famille qu'il avait constamment dénoncé, elle était devenue sa seconde épouse. Il avait même outrepassé ce fichu Code, car il n'avait pas pris la peine d'en informer Selma. À quoi bon ? Cela se serait terminé par des disputes, des cris et peut-être un divorce où elle aurait tout à perdre. Dans ce bled plus qu'ailleurs, il n'est jamais trop tard pour un homme. Mais pour une femme, à quarante ans, c'est fini : le train est passé sans espoir de retour. Il ne voulait pas lui infliger cette humiliation et il ne souhaitait pas, surtout pas, être mis au pied du mur de sa duplicité.

Oui, il était toujours contre ce Code aberrant qui réduisait la moitié de l'humanité à l'infériorité, à croire que ceux qui l'avaient conçu n'avaient pas été mis au monde par des femmes. Dans un autre monde, outre-Méditerranée, Linda aurait été sa maîtresse, mais ici, il fallait en faire une épouse. Pour ne pas la perdre, pour lui éviter de se perdre.

Selma n'y était pour rien, c'était ce temps qui fuit, ces années volées dans une guerre sans nom qui l'avaient poussé vers Linda, une étreinte pour narguer cette mort qui rôde, pestilentielle... Il l'avait connue quelques mois plus tôt, juste après sa sortie de prison. Une gamine de vingt-cinq ans, fraîche et belle, qui ne connaissait ni Marx ni Sartre, pour qui Didouche, Ben M'hidi ou Audin n'étaient que des noms de rues. Sa seule discussion savante avec elle portait sur les chanteurs de raï nouvelle vague, qu'elle connaissait sur le bout des doigts. Il se surprit à s'y intéresser, lui qui avait toujours été rebuté par leur vulgarité, emporté par sa douce passion pour une Linda qui le renouvelait, le rafraîchissait.

Son corps retrouvait sa petite musique, se réveillait à nouveau, rajeuni par son appétit pour son corps à elle, et aussi, il se l'avouait secrètement, par un délicieux sentiment de trahison à l'égard de Selma et de tout ce faux-semblant qui était son monde depuis si longtemps.

Quand il avait connu Linda, elle était depuis six mois en rupture de ban avec sa famille à Sétif, où elle étouffait sous le contrôle abusif d'une flopée de frères qui voyaient en elle un déshonneur potentiel pour la lignée. C'était dans un bar d'un hôtel de la côte, quelqu'un lui avait dit qu'il était PDG de "quelque chose", c'était sa formule, et elle était venue lui demander du travail.

Elle la joua sincère et raconta sa fuite vers la capitale, le sentiment illusoire de sa liberté et la réalité d'une vie de *papiche*, de minette algéroise, qui ne savait pas trop où elle finirait la nuit, où elle allait dormir tout bêtement. Pendant qu'elle parlait, Sadek Bounab se perdait dans l'admiration de cette peau ferme, de la lèvre boudeuse, de son nez fin et d'une poitrine prometteuse. Dans la proximité de Selma, il s'était fait depuis des années à l'effritement de la passion, à l'assoupissement du désir, la disparition du trouble devant la monotonie d'un corps trop familier. Il s'était bien offert quelques aventures, mais avec des femmes de hasard qui lui rappelaient trop le vague exercice de l'amour habituel qu'il se concédait de temps à autre avec Selma. Non par appétit, mais par une sorte d'obligation mécanique d'accomplir jusqu'au bout le rituel pour oublier qu'on n'avait plus la foi.

Funestes pensées… Il se regarda dans le rétroviseur et se découvrit tel qu'il se pensait, fatigué, le teint blafard, un visage tourmenté, empêché pendant des nuits de connaître un vrai sommeil réparateur. Il démarra et manœuvra avec précaution pour éviter de finir dans le ravin et reprit le chemin inverse. Il alluma la radio pour se tenir éveillé ; il fut vite exaspéré par l'animateur qui n'avait rien à dire mais qui se contraignait à tenir le crachoir en proférant des âneries sans queue ni tête. Il éteint en jurant.

Il arrivait à l'entrée de Tipaza, les lumières de la station-service, qui faisait également office de café et de restaurant, semblaient sans éclat, glauques, sinistres même. Deux voitures faisaient le plein avant de s'aventurer sur la route, courte mais dangereuse, qui menait vers Alger.

Dans un coin, il avisa un camion dont le chauffeur, plafonnier allumé, semblait plongé dans une lecture essentielle. Un chauffeur de poids lourd plongé dans une lecture même triviale, c'était si inhabituel que cela l'alerta. Il ralentit et regarda le camion avec intensité. Quelque chose lui disait, même s'il n'en était pas vraiment sûr, que c'était bien celui qui avait failli l'envoyer *ad patres* dans ce ravin. Comme pour conforter ses soupçons, le type éteignit le plafonnier au moment où il passait à sa hauteur.

Cinquante mètres plus loin, il vit dans son rétroviseur les phares du camion s'allumer à deux reprises avant de s'éteindre. Il s'arrêta, se retourna. Le plafonnier s'alluma et il vit à nouveau l'ombre du chauffeur qui semblait le fixer comme pour lui signifier la réalité de l'avertissement. "Il me nargue, il me menace, il m'emmerde…" Il n'était même pas en colère, il faisait juste un constat de l'absurde en action. Il accéléra et rejoignit sa seconde épouse, qui protesta mollement contre cette intrusion imprévue avant de sombrer à nouveau dans le sommeil. Il était près d'une heure du matin. Ses tempes battaient et il se sentait brisé, mais il ne réussit à s'endormir qu'aux premières lueurs du jour.

Dans son mauvais sommeil, il vit son vieux père, debout, le regardant avec un air de profonde commisération : "On finit toujours par payer ce qu'on a fait, cela, tu le sais." Il essaya de lui dire qu'il n'avait rien fait, mais la voix chevrotante et implacable du vieux le coupa : "On paye aussi pour ce qu'on n'a pas fait. Mais ça, tu ne le sais pas encore..." Puis il lui tourna le dos et s'en alla. "*Lost in a roman wilderness of pain / And all the children are insane...*" Les paroles d'une vieille chanson des Doors lui revenaient alors comme une évidence obsédante... Le pays des enfants fous...

Sadek Bounab ne se souvint pas d'avoir jamais été si seul, ni d'avoir ressenti une telle culpabilité.

19

– C'est quoi, ça ? L'insurrection des rentiers ? se moqua doucement Zahida Nassimi.

Il était huit heures du matin et, dans le hall habituellement tranquille de l'Omnium, il y avait foule. Des banderoles blanches aux lettres d'un rouge agressif dénonçaient les "atteintes à la dignité des travailleurs". Des employés déambulaient, peu convaincus, mais pas mécontents néanmoins d'avoir une bonne raison de ne pas rejoindre les corridors de l'ennui. Quelques-uns s'étaient agglutinés en petits groupes.

La grève, c'était inhabituel en ces lieux. Certains disaient leur incompréhension. Sadek Bounab avait toujours été d'une indéniable correction avec tous. Deux types du syndicat, arrivés sur les lieux aux aurores, contrairement à leurs usages, déambulaient, menaçants, pour expliquer le bien-fondé de l'"avertissement" qu'ils adressaient au PDG : "On doit le faire, sinon l'Omnium va couler ! C'est un binational, un communiste, il ne fait rien pour améliorer les choses, il se contente d'envoyer ses potes en mission à l'étranger."

Zahida était étonnée. Elle était bien placée pour savoir que personne n'était en mission à l'étranger. Et Bounab "binational", elle pariait que cela le ferait plutôt rire. Quant au fait d'avoir été communiste, vraiment qui se souciait d'une erreur de jeunesse dans ce qui fut le pays du "socialisme spécifique irréversible" ?

"Nous avons le soutien de la centrale syndicale", surenchérit le syndicaliste. Cela ne surprenait pas Zahida que la centrale, pour d'obscures raisons, soit de la partie contre Bounab. Depuis une semaine, une campagne de rumeurs traitait ce dernier de voleur, rappelait ses ennuis judiciaires et l'accusait d'être un agent actif de *Hizb França*, le "parti de la France". Cette campagne trouva même des échos dans des journaux pourtant tenus par d'anciens amis politiques de Bounab.

Au début, elle s'était scandalisée de les voir reprendre, sans faire l'effort de venir s'informer, l'idée que "les choses allaient mal à l'Omnium" et qu'il y régnait un "climat délétère". On ne peut jamais faire confiance à un *stal*, toujours prêt à trahir, à se rallier au plus fort et à servir de milice d'appoint, s'était-elle dit à la lecture d'un des canards tenus par un ami de Bounab. Zahida avait fait, durant ses années étudiantes, un passage actif par l'extrême gauche et il lui en est resté une solide inimitié et même de la répulsion à l'égard des communistes du PAGS. Sadek Bounab était un des rares anciens *coco stals* à qui elle trouvait des qualités. Il a le charme des hommes défaits à qui il ne reste plus que quelques menues certitudes et puis il n'a pas le profil de l'indic pagso, pensait-elle sans aller plus loin.

Zahida constata qu'il y avait très peu de femmes parmi ces grévistes hésitants : elles ne se laissaient pas facilement embarquer dans les histoires toujours louches du syndicat. Et, en l'occurrence, elle avait de plus en plus la conviction que cette grève était un coup tordu.

– Qu'est-ce qu'on lui demande au PDG, lança un vieux gratte-papier qui ne cachait guère son scepticisme, une augmentation de salaire ?

Il avait l'air d'un instituteur de la vieille école et parlait avec un léger accent kabyle. Il regardait les syndicalistes avec une distance olympienne et les yeux rieurs de celui qui en a déjà trop vu pour se laisser avoir. Qui en a aussi trop lu ! Zahida n'aurait pas été surprise de découvrir qu'il connaissait par cœur des poèmes de Verlaine et Lamartine. Un amour de petit vieux, pensa-t-elle en tendant l'oreille pour entendre la réponse du syndicaliste.

Il n'en avait pas, constata-t-elle, à moins de prendre pour une réponse des considérations brumeuses où il était question de dignité, de respect et d'avenir des travailleurs et des générations à venir. Ils n'ont rien de précis à demander, songea Zahida, désormais certaine d'être en présence d'une grève commanditée par des instances inconnues. Rien, dans ce bled tenu par des indics, n'aura jamais l'apparence de ce qu'il est réellement, pas même une grève. Elle n'aimait d'ailleurs pas les types du syndicat, connaissant dans le détail l'usage fort peu social qu'ils faisaient du fond des œuvres sociales.

Trop gras pour être vrai, se dit-elle en regardant le chef du syndicat menacer insidieusement les rares employés qui cherchaient un peu trop à comprendre les raisons de la grève. Le bureaucrate syndical dénonçait l'imprévisibilité du PDG qui mettait en péril l'avenir des travailleurs, il fustigeait son mépris pour les syndicalistes qu'il prenait de haut. Et en tout état de cause, clama-t-il, "on veut un PDG plus proche des travailleurs".

Manifestement pas convaincu, le vieil employé ne se démontait pas :

– Vous ne répondez pas à ma question, qu'est-ce que nous demandons ?

Les syndicalistes étaient agacés. L'insistance du vieux monsieur perturbait de toute évidence leur action et cela les mettait en rogne.

– Quand tu auras des problèmes, et là c'est sûr que tu vas avoir des problèmes, sois certain que tu ne devras pas compter sur nous !

Le syndicaliste, visage cramoisi, avait hurlé à la face de l'importun, qui répliqua :

– Le problème, c'est toi et personne d'autre !

L'accrochage suscita un certain embarras parmi les employés, qui ne savaient que faire de leurs mains et de leurs yeux, s'efforçant d'éviter les regards des protagonistes de la dispute. Le regard du vieux monsieur oscilla entre le syndicaliste et les employés. Finalement, il hocha une tête surmontée d'une crinière blanchie par les ans, déclara qu'il n'était pas un "mouton" et annonça qu'il rejoignait derechef son poste. Il y avait de la jubilation dans ses propos, une affirmation de force et de jeunesse qui n'en était que plus évidente du fait son âge. Le vieux lançait un défi, il était prêt à se défendre et à rendre les coups.

Zahida Nassimi ne laissa pas le temps au syndicaliste de réagir :

– Il n'est pas obligé de faire la grève, vous le savez, n'est-ce pas ?

Ce fut dit sur un ton posé et ferme, d'une femme également prête à la bagarre. Mais face à la conseillère juridique aux relations supposées puissantes, le syndicaliste choisit prudemment d'opérer un retrait :

– Je ne force personne !

Elle lui dit qu'elle était heureuse de l'entendre de sa propre bouche, car elle ne comprendrait jamais qu'un syndicaliste puisse menacer un travailleur. Dans l'ascenseur, le vieux gratte-papier lui adressa un petit sourire amical. Il y avait un peu de reconnaissance, mais surtout l'établissement d'une complicité impromptue qui les poussa l'un et l'autre à un sourire de connivence.

Au moment de quitter l'ascenseur, au deuxième niveau, il lança :

– Trop vieux pour rester con !

Elle éclata de rire :

– Il n'y a pas d'âge pour cela, cher monsieur !

Elle entendit son rire un peu cassé l'accompagner alors que l'ascenseur reprenait sa course vers le quatrième, l'étage de la direction.

La voix de Farouk Smendou d'abord, puis sa morphologie bizarre dans le couloir. Il ne lui était guère sympathique ; obséquieux et soumis avec ceux qu'il craignait, sec et cassant avec les autres. La duplicité se lisait dans toutes ses attitudes, mais comme il ne faisait rien d'autre à l'Omnium qu'occuper un bureau, leur relation se limitait à un minimum de civilités, des salutations polies, sobres et sans engagement.

Il semblait fébrile et parlait en agitant les mains avec le chef de l'administration :

– C'était prévisible, cette entreprise a besoin d'être reprise en main, clamait-il. Elle fut intriguée par ce brusque intérêt de Smendou pour la gestion de l'Omnium. Celui-ci délaissa son interlocuteur pour accourir vers elle en trottinant sur ses deux courtes pattes.

– Madame Oulmène, madame Oulmène…

Quelque chose se contracta dans son estomac, un sentiment de répulsion, d'aversion même. Smendou lui donnait du "Oulmène" ! Salopard, pensa-t-elle, en lui répondant froidement :

– Nassimi, mon nom est Zahida Nassimi !

Le ton était dur, glacial. Elle se contenait, mais la colère était là, couvant comme l'orage dans les minutes précédant l'explosion.

Smendou, essoufflé, arriva à elle, sans se rendre compte de la fureur qui montait en elle. Il sourit, puis il ouvrit les bras et s'apprêta, contrairement à toutes les habitudes, à l'embrasser. Écœurée, Zahida, eut un brusque mouvement de recul, les bras braqués vers lui. Il fit mine de ne pas s'en apercevoir, tenta de se donner une tenue, puis lui parla d'un ton complice :

– Bounab va avoir des problèmes, c'est la grève… Il faut qu'on parle d'avenir…

– Bounab n'aura pas de problèmes, la grève va s'essouffler plus vite que vous ne le pensez ! Ces pourris de syndicalistes bidon vont reculer…

– Madame Oulmène…

Zahida perdit alors toute retenue… Elle se lâcha avec une violence dont elle ne se croyait pas capable :

– Oulmène, Oulmène, arrêtez de me casser les pieds, ce n'est pas mon nom, je n'arrête pas de vous le dire ! Mon nom, vous le connaissez, Smendou, alors cessez de jouer à ce jeu-là, je n'ai rien à voir avec les Oulmène, ils ont leur religion, j'ai la mienne. Vous avez la vôtre et j'ai la mienne !

Je n'ai pas d'avenir à discuter avec vous! Et en plus, monsieur Smendou, si je peux me permettre, je ne peux pas vous supporter! Vous sentez mauvais, vous êtes grotesque! Gardez vos distances, ne m'approchez surtout pas, vous me donnez envie de vomir…

Elle le contourna en manifestant une sorte de mépris difficilement contenu, comme lorsqu'on rencontre une déjection sur le chemin, et entra dans son bureau en claquant la porte.

La journée de Smendou était mal partie… À onze heures, elle fut définitivement gâchée : la grève avait lamentablement échoué. Après le départ du vieux et de Zahida Nassimi, les employés commencèrent discrètement à se défiler les uns après les autres, regagnant leurs tristes bureaux. En deux heures, seuls demeuraient dans le hall les syndicalistes dépités et vaguement inquiets d'un possible retour de bâton. Ils se rassuraient en pensant qu'ils avaient pris auprès de la centrale syndicale des "assurances" d'être soutenus, quelle que soit l'issue du mouvement.

Smendou, qui s'était préparé à outrepasser ses prérogatives en convoquant d'urgence une réunion du conseil d'administration de l'Omnium, jugea prudent d'y renoncer. Dans la presse, le lendemain, on ne parla pas d'un échec de la grève, mais d'un "sérieux coup de semonce des travailleurs à la direction". Smendou salua la main invisible qui protégeait ses intérêts.

20

L'enseigne du bar-café Marhaba clignotait spasmodiquement. La porte de l'établissement, à peine entrebâillée, laissait échapper des volutes de fumée et un brouhaha indistinct. Comme d'habitude à cette heure, la salle était bondée.

Sadek Bounab avait enfin trouvé une place de stationnement dans la rue pentue au cœur de la ville, à quelques mètres du café. Un jeune homme, matraque au poing, lèvres labiles gonflées par une chique grosse comme l'œil d'une vache, vint le saluer, histoire de lui signaler qu'il était le gardien du "parking" de cette portion de rue. Sadek lui rendit son salut, signifiant son assentiment clair et sans réserve à cette appropriation territoriale ; après tout, ce n'était qu'une privatisation de plus et ce n'était pas la plus arbitraire. Comme tous les automobilistes, au titre de ce contrat implicite mais systématique, il devrait s'acquitter auprès du jeune homme d'une taxe minimale de vingt dinars.

Le Marhaba ! Sadek coupa le contact de sa voiture coréenne, l'esprit voguant dans le lointain, dans la nostalgie des années d'université... Avec des copains, aujourd'hui dispersés par les mauvais vents du destin, entre exil et renoncement vaguement embourgeoisé, il avait passé tant de soirées dans ce bar à refaire le monde autour d'innombrables bouteilles pas toujours très fraîches. C'était loin...

Il alluma une autre cigarette, les souvenirs presque oubliés et les illusions enterrées remontant du puits profond de la mémoire. Ah oui, belle époque d'innocence et de poésie, entre Lénine et Aragon, à chanter *Est-ce ainsi que les hommes vivent ?* autour d'une table bancale, entre révolution et romantisme, à discuter jusqu'à plus soif et à rentrer titubant mais digne, dans cette chambrette de la cité universitaire tapissée d'ouvrages aussi savants que subversifs.

Il souriait à l'évocation de ces livres qui avaient tant impressionné de jolies condisciples entraînées là, à l'issue de manœuvres dignes d'une conspiration, pour des étreintes fugitives, pour assouvir des passions clandestines, aujourd'hui noyées dans le lointain du regret et de l'oubli. Il se souvint des vers d'Aragon et les récita avec douceur :

Et s'il était à refaire
Je referais ce chemin
La voix qui monte des fers
Parle pour les lendemains.

Le chemin qu'il avait pris, Bounab était presque sûr de ne pas vouloir le refaire. C'est qu'il n'avait pas emprunté la voie escomptée. La révolution que l'on faisait autour d'une bière, au gré des lectures et dans la dénonciation d'un ordre injuste qui prenait tranquillement la place du précédent, était passée de mode. Le destin de Sadek Bounab, comme nombre de ses camarades, avait échoué sur les récifs de la carrière et de ses compromissions. Il avait bien fallu se plier aux dures règles de la progression administrative dans ces ministères où il avait été recruté à la fin de son service militaire.

Quant au romantisme... Il avait fini par épouser Selma, sa camarade de combats, mais elle aussi avait été une fausse route, une fausse note de plus dans une partition fautive interprétée par des criminels. Ils avaient poussé le conformisme jusqu'au bout, dans l'organisation du rituel du mariage avec la convocation des deux tribus scellant une alliance pour la vie au nom d'Allah, de son ultime Prophète et de ses règles immuables.

Il avait assisté, la mine compassée, à la discussion oiseuse entre le vieux Bounab et le père de Selma, avant que l'imam du coin ne vienne sceller leur union par les formules rituelles.

Tout se passa conformément à des usages archaïques qui ôtèrent à leur relation toute once du mystère intime qui unit deux êtres, dans un amour solitaire, sans le monde, hors du monde, contre le monde. Il se demandait si l'amour et la révolution ne s'étaient pas éteints en même temps, d'un seul coup, par l'interrupteur brutalement actionné qui les fit basculer dans l'âge adulte, dans le cynisme roi et la fin des illusions.

Il tira une autre longue bouffée de sa cigarette et la trouva amère. Il toussa…

Le reste du chemin, il ne l'avait pas parcouru, on l'avait pavé pour lui. Il avait connu les infortunes de ceux qui n'avaient pas toujours su choisir opportunément le camp le plus porteur au moment propice. En matière d'opportunisme, il se l'avouait, il n'avait pas été le plus futé. Pourtant, sa formation dans le parti communiste clandestin aurait dû mieux le préparer aux rapports de forces, aux mouvements dans la hiérarchie et aux alliances de circonstance.

Certains de ses camarades de l'époque étaient devenus ministres ou avaient fait fortune à la périphérie de l'administration, dans la presse ou les affaires. En dépit de toutes les avanies, Bounab, lui, était resté dans le secteur public, l'unique possibilité et le seul choix que ses convictions lui autorisaient. Il avait fait carrière malgré – ou plutôt à cause de – son arrestation dans sa jeunesse en tant que membre d'un syndicat étudiant non officiel.

Des hommes en civil l'avaient kidnappé un petit matin d'une année de cette décennie 1970, celle des espoirs envolés. Ils l'avaient jeté sans ménagement dans une voiture banalisée, le nez contre le plancher, leurs chaussures fermement appuyées sur son dos. Puis vinrent les coups, les injures ordurières, l'isolement dans une cellule pourrie dans des remugles de vomissures et d'urine, les questions absurdes sans cesse répétées et l'humiliation de la nudité devant des brutes analphabètes au comble de la joie de réduire cet “intellectuel qui croyait devenir ministre”, comme ils disaient, au rang de paillasson.

Vingt-cinq ans plus tard, le souvenir lui donnait toujours la nausée… Il en frissonnait encore d’effroi. Il se souvenait aussi de cet interminable “après” : après les coups, après les insultes et après les sévices dont il ne voulait plus convoquer le spectre. De cet “après” qui prit la forme d’un officier sévère mais amical, lui faisant lecture d’un rapport décrivant par le menu toutes ses activités syndicales étudiantes et ses aventures amoureuses. Il lui avait même rappelé des détails qui lui étaient complètement sortis de la tête. Rien de bien méchant, mais, égrenés d’un ton monocorde par l’officier, tous les événements, même les plus anodins, s’articulaient pour former la démonstration implacable que Bounab participait à une gigantesque conjuration. C’est que les hommes de la SM savaient fabriquer des histoires, ils étaient déjà des scénaristes accomplis dans l’art de la fable et de la légende… Quelle période !

Car “après”, Bounab ne fut plus Bounab. L’officier sympathique, le capitaine Rachid, avait compati à ses malheurs : “On ne devrait pas traiter un intellectuel de cette manière”, avait-il asséné, indigné. Il lui fit attribuer une cellule décente, des vêtements propres, et il exprima, en baissant la voix comme s’il lui confiait un dangereux secret, sa sympathie pour les idées de Sadek Bounab et de l’avant-garde. Lui aussi était anti-impérialiste et “résolument” solidaire des revendications politiques de gauche de la jeunesse étudiante. Sadek avait découvert dans la confusion et l’absurde de son enlèvement et de la torture qu’au cœur même du sinistre appareil policier, des sensibilités “progressistes” cohabitaient avec une “aile bourgeoise réactionnaire”, cette aile-là étant, bien entendu, seule responsable de tous les forfaits du régime.

Qu’il était naïf alors ! Ce que lui disait l’officier épousait si bien les certitudes du parti, les siennes. Il avait vraiment cru, dans son désarroi, à la vérité rassurante qui sortait de la bouche de celui qui allait devenir pour de nombreuses années un ami très particulier – parfois encombrant, parfois utile –, son officier traitant.

Il alluma une autre cigarette. Il avait encore un peu de temps avant son rendez-vous vespéral quotidien au petit bistrot La Perruche, avec les copains habituels. Il regardait les passants qui rentraient à pas pressés en évitant les nuées de clochards de tous âges et de tous sexes qui s'appropriaient les portes cochères pour une autre nuit de malheur et d'effroi. La nuit était tombée brutalement sur la ville salie, couverture de misère sur le dos du désespoir.

Depuis l'ère Boumediene, Alger vivait sous une sorte de couvre-feu non déclaré dès vingt et une heures, ramené à dix-neuf heures par la population après que l'on eut commencé à s'égorger à tout-va. Ne s'attardaient plus désormais que des ivrognes et des patrouilles de flics. Ceux qui avaient un chez-soi se calfeutraient devant la télévision, zappant entre les chaînes d'Orient et d'Occident, entre matchs de foot, films osés et prêches moralisants. Les noceurs, eux, étaient loin de la ville, dans les bouges nés du jour au lendemain, sans licence ni autorisation, sur la côte ouest où dans les boîtes de nuit plus huppées des hauteurs de la ville…

Bounab, derrière le volant de sa voiture immobile, méditait sur son statut actuel. Patron de l'Omnium, il l'était, mais pas trop… Il n'oubliait pas qu'il devait ce poste à un autre bref passage en prison, beaucoup plus récent celui-là, quelques mois plus tôt, quand un Premier ministre encore plus lunatique que les autres avait décidé de faire embastiller, au nom de la lutte anticorruption, les cadres qui appartenaient à un clan du sérail en perte de vitesse.

Sadek Bounab était en effet réputé proche du général Ahmed Témine, conseiller du général-président depuis 1994, un baroudeur de la guerre d'Indépendance, dont la jalousie morbide pour le pouvoir de Lamine Boutramine, l'“usurpateur”, était aussi grande que son manque de subtilité. Il avait été présenté à ce général haut en couleur par le capitaine Rachid, son “ami des années d'université”, lequel était entre-temps monté en grade et avait pris de l'influence dans le magma mystérieux du pouvoir. “Je veux que tu sois des nôtres, avait déclaré sentencieusement le général Témine : l'heure des patriotes a sonné.” Ce n'était pas une proposition, c'était un ordre de recrutement ; Témine était décidé à bousculer l'ordre de préséance du pouvoir depuis qu'un général ami, originaire de la même région que lui, occupait le fauteuil présidentiel.

Sans l'avoir vraiment choisi, Sadek Bounab se retrouva ainsi intégré dans le clan en voie de constitution du généralissime Témine, qui le plaça d'autorité à la tête de l'entreprise des huiles industrielles d'État. L'entreprise était en piteux état, s'étant laissé, sans opposer la moindre résistance, rogner ses parts de marché par un oligarque transfuge de la comptabilité de l'entreprise publique de la chimie. Très lié à Boutramine, celui-ci avait eu l'idée lumineuse de se doter de plusieurs journaux pour défendre son business, disposant ainsi d'un levier d'influence apprécié par le pouvoir de l'ombre.

Sadek Bounab entreprit immédiatement une politique de redressement et se lança dans une association avec une entreprise espagnole plutôt connue dans le secteur. Mais il prit rapidement la mesure de la redoutable influence des médias de l'aide-comptable, devenu le roi des huiles de vidange et accessoirement Citizen Kane local. Des syndicalistes soudoyés montèrent au créneau pour dénoncer l'accord comme une atteinte aux intérêts supérieurs de l'entreprise et de la nation. Le journal “indépendant” de l'ex-aide-comptable se fendit d'articles lacrymogènes sur les menaces de disparition de l'entreprise publique et se répandit en allusions venimeuses sur des “dessous sonnants et trébuchants d'un mauvais accord qui livrait gratuitement et sans contrepartie le marché national aux étrangers”.

Il résista grâce au soutien du général Témine, qui lui avait affirmé avec force : "Continue, Sadek, je suis là, aucune de ces attaques ne t'atteindra !" Mais à ce jeu, Témine était un amateur au petit pied. Et il allait vite être emporté, lui et son ami de général-président, dans une opération massive et coordonnée où les médias – soudain libérés des tabous tenaces entourant les hauts gradés – se déchaînèrent contre lui en publiant des révélations croustillantes et scabreuses. Pendant des mois, l'ulcère du généralissime évolua en fonction des unes de journaux. Il pouvait y voir décrites par le menu ses affaires pas très claires, la liste de ses propriétés et celles de sa progéniture. Suprême humiliation pour un militaire machiste, le nom de son épouse était cité, ainsi que celui de sa maîtresse, une plantureuse créature, chanteuse à succès de son état et qui ne cessait de se plaindre de son avarice à qui voulait l'entendre.

Témine, qui s'était lui aussi, mais sur le tard, offert un journal, rendit furieusement les coups. Des articles marinés au soufre et à la nitroglycérine affirmaient que "B" était à la tête des "escadrons de la vengeance", ces équipes de tueurs qui frappaient sur tout le territoire. C'était en pleine période Mad Max, la mort frappait en masse dans les faubourgs de la ville et enveloppait tout le monde dans un halo de suspicion et de peur. Dans le quartier où habitait Bounab, comme ailleurs, les habitants se cotisèrent et installèrent des projecteurs qui restaient allumés toute la nuit pour conjurer le malheur.

On s'éveillait au moindre bruit, on se précipitait aux balcons quand le bruit d'un moteur se faisait entendre, on tentait, en retenant sa respiration, de deviner les sons qui provenaient des parties communes de l'immeuble. On crevait de peur, les gens sortaient le matin pour aller au travail avec des visages blêmes où chacun reconnaissait les reflets de ses cauchemars éveillés.

Témine perdit la partie bien avant que son copain de président, après plus d'un an de furie, de massacres “islamistes” de proportions inégalées, ne soit définitivement contraint à jeter l’éponge, à l’automne 1998. À la différence notable du sort réservé aux villageois de la proche banlieue d’Alger, on ne le tua pas. Et on évita de l’embastiller, car cela aurait exigé un procès qui, même contrôlé, aurait pu être fort dommageable pour les “décideurs”. Il resta même en place quelques mois et on se contenta de mettre en application les us en vigueur du système hérités de Cosa Nostra, en taillant en pièce le clan qu’il avait essayé de mettre en place.

Tous ceux, les cadres en particulier, qui étaient soupçonnés d’être membres du réseau Témine, furent systématiquement et méthodiquement frappés, liquidés et éradiqués. La presse, confortée dans l’illusion d’avoir inscrit un président et un général à son palmarès, parla d’une entreprise de “déténinisation”. L’expression fit rire Sadek Bounab. Il rit moins quand une opération “mains propres” fut immédiatement déclenchée et contribua à améliorer sensiblement la moyenne du niveau d’instruction à la prison des Quat’zhectares.

Des copains étaient tombés sous le coup de l’opération… “Peut-être qu’ils ont failli… La tentation de goûter au miel de l’argent…” Le doute l’avait étreint et il ne savait que penser. Puis, très vite, ce fut son tour… Sadek Bounab, grand socialiste devant l’éternel, défenseur notoire du secteur public, fut inculpé de corruption et de mauvaise gestion. S’il avait douté de certains de ses amis – dans ce monde des entrepreneurs publics, le meilleur côtoie le pire –, il ne doutait pas de lui-même. Il savait qu’il avait été scrupuleux dans ses actes, animé par la foi résiduelle qu’en gérant au mieux l’entreprise publique, il participait à la préservation d’un “bien commun”. Mais il fut bel et bien “déteminisé”.

On montrait à tous qui étaient les nouveaux maîtres du jeu. D’abord écœuré, Sadek Bounab ressentit rapidement une immense lassitude. Il se sentait soudain trop vieux, fatigué, incapable de se battre, fini… Convoqué par le juge d'instruction, il s'était rendu au Palais de justice en taxi et il mit un bon quart d'heure à tourner en rond avant de trouver le bureau du juge qui s'occupait de son affaire.

On le fit attendre trois heures dans un couloir répugnant de saleté, avec d'autres personnes apeurées et aussi fatiguées que lui, attendant qu'un juge statue sur leur sort. Un policier, jeune et bruyant, un blanc-bec roulant des mécaniques, pensa Bounab, lui demanda à haute voix :

– Qu'as-tu fait ?

Bounab se contenta de le regarder, sans rien dire. Puis il fut présenté au juge d'instruction. Un autre blanc-bec dans la course à la carrière, se dit encore Bounab. Il avait le regard fuyant. Sur le bureau, un dossier verdâtre sur lequel son nom figurait en feutre noir était posé en évidence. Le juge lui demanda de décliner son identité, sa date de naissance, le nom de ses ascendants, son adresse et sa fonction. Quand il eut terminé, il referma le dossier :

– Vous êtes placé sous mandat de dépôt.

C'est tout ce qu'il dit, sans le regarder, sa façon à lui de signifier que ce n'était pas une affaire personnelle.

Bounab se contenta de sourire. Il constata, non sans ironie, qu'il éprouvait une certaine compréhension pour ce juge dont il ne connaissait même pas le nom et qu'il voyait dans cette caricature de magistrat squattant une justice asservie une autre version de lui-même, un rouage de la machine de l'oppression qui remontait à loin, si loin qu'elle était devenue l'ordre naturel des choses… Il n'avait pas besoin de discuter avec ce juge pour comprendre qu'il faisait ce qui avait toujours été fait. Qu'il accomplissait la routine de l'arbitraire pour survivre, quitte à noyer ses états d'âme, le soir, seul ou avec d'autres, dans le vin, la bière ou la psalmodie du Coran… Chacun s'accommodait comme il pouvait de ses démons quand il souffrait de ce prurit appelé conscience…

Deux gendarmes lui passèrent les menottes et l'emmenèrent dans la cellule du Palais de justice. Sadek Bounab ne se sentait pas concerné, il souffrait juste un peu de migraine. Il lui semblait que tout cela arrivait à quelqu'un d'autre. Qu'un autre que Bounab avait croupi jusqu'au soir dans cette cellule du Palais au milieu d'autres gens – certains avaient la sérénité des familiers des lieux, d'autres étaient totalement hébétés –, avant d'être convoyé dans le panier à salade à la prison, s'était mis en rang pour la fouille, pour la mise à nu, l'enregistrement et l'acheminement vers les cellules.

Il émergea lentement de son état second, secoué amicalement par un collègue qui l'avait précédé :

– Sadek, réveille-toi !

Il se réveilla, envahi par l'odeur de la prison et ses bruits.

– On est faits comme des rats, dit tristement le caustique ancien dirigeant d'un complexe laitier.

– Comme des pions, rectifia doucement Sadek Bounab, seulement des pions.

La plupart des cadres arrêtés espéraient vainement que quelqu'un dehors allait se rendre compte qu'on avait fait une erreur et allait les tirer de là. D'autres, plus lucides, attendaient le salut d'une intervention extrajudiciaire de responsables haut placés ou de militaires de connaissance. Mais cette voie réaliste s'était fermée pour Bounab.

Quelques semaines avant son arrestation, à la veille du Ramadhan de décembre 1997, les journaux avaient annoncé que son "ami" le colonel Rachid avait été assassiné par des "terroristes" sur une route secondaire à la sortie de la capitale. C'était un texte bref, sans détails, assorti de quelques phrases de dénonciation des "hordes sauvages". Bounab avait assisté à l'enterrement. Le climat était lourd, les collègues de Rachid fuyants. Les membres de sa famille semblaient écrasés par l'événement. Il y avait dans leur attitude une incrédulité soumise. Il y repensa quand, peu après, autour d'un dîner entre amis, il eut connaissance d'une autre version de l'assassinat de Rachid, colportée par la rumeur, qui éclairait l'atmosphère de colère et de peur de l'enterrement. Quelques jours avant sa mort, Rachid, partisan du général Témine, avait eu la mauvaise idée de déplorer devant ses collègues la "stratégie des massacres"...

Sadek eut de la chance : arrêté après ses collègues, il ne passa qu'un mois en prison. Son avocat se démenait en vain pour qu'il rencontre le juge d'instruction. Selma, sa femme, se désespérait et ses enfants livrés à eux-mêmes filaient un mauvais coton. Quand elle venait le voir en visite, c'était lui qui cherchait les mots d'apaisement et de réconfort : "Selma, ce n'est que la routine, la routine..." Le comprenait-elle ? Il en doutait, mais il fallait dire quelque chose pour que la visite ne soit pas enveloppée par le silence, par la gêne de constater qu'on n'a rien à se dire, même au cœur du malheur...

Et puis un matin, aussi absurde que les matins précédents, le directeur de la prison avait réuni les cadres pour leur signifier leur libération. On leur "pardonnait", disait le directeur de la prison, suscitant l'hilarité générale des cadres. Certains se répandirent en remerciements avec une grandiloquence exagérée, mais la plupart étaient déjà dans les questions pratiques. Ils durent patienter toute la journée afin que la bureaucratie pénitentiaire finisse par établir la "levée d'écrou". Routine, routine...

Sadek n'était pas mécontent de quitter cet endroit de cauchemar, de griller sa première cigarette d'homme libre... Vraiment libre ? Non, juste réintégré dans une routine un peu moins brutale, une prison un peu plus grande. Il avait beaucoup maigri et s'était fait une idée un peu plus sombre – plus exacte ? – des abysses de vilenie de la nature humaine. Son expérience carcérale avait aspiré ce qu'il lui restait d'illusions. Il haussa les épaules quand il entendit à la télévision que le président en sursis avait "décidé" que la réhabilitation des cadres "injustement emprisonnés" était une priorité et avait demandé au même Premier ministre qui les avait fait arrêter de lui proposer "des mesures de reclassement urgentes au bénéfice de cette importante catégorie sociale". Sadek se surprit à réintégrer la routine en acceptant la proposition de ce même chef de gouvernement de devenir le président de la Caisse Omnium des retraites, une sinécure agréable généralement confiée aux cadres disciplinés de la défunte sensibilité de gauche.

Il soupira. Autant rejoindre maintenant ses potes du bar La Perruche. Bounab s'extirpa difficilement de sa voiture. Il avait grossi, pris de l'embonpoint, et ces véhicules asiatiques étaient trop étroits pour son grand corps. La rue était presque vide, mis à part les sempiternels clochards et quelques véhicules qui circulaient encore sur le boulevard.

Il dépassa la Brasserie des Facultés, cette sacrée bonne vieille Brass' où il avait autrefois vidé tant de pots autour de l'entrecôte rituelle du déjeuner. Époque révolue durant laquelle les serveurs, Gaspard, Champion, Chérif et les autres, connaissaient tous leurs clients. Leurs additions "oubliaient" souvent quelques tournées, au grand dam de M. Gonzales, l'éternel patron rondouillard et mutique, souverain derrière son antique et monumental tiroir-caisse NCR. La Brass' était aujourd'hui à l'image de tout le reste, déglinguée, sordide et fréquentée par une population interlope, des voyous, des trabendistes costumés enrichis dans l'intermédiation douteuse... Plus rien à voir avec les universitaires, les étudiants et les cadres qui en avaient fait leur quartier général jusqu'au milieu des années 1980.

Sadek pressa le pas, les copains devaient en être à leur deuxième tournée de whisky. Il arrivait toujours un peu plus tard que les autres, petit snobisme qu'il affectait au nom de sa qualité d'intellectuel politisé au sein de la petite camarilla de médecins, de pharmaciens et d'avocats qui formait la clientèle de La Perruche. Il était celui qui théorisait l'évolution – ou plutôt la stagnation – politique pour sa petite coterie, où il était de bon ton de critiquer tout et tout le monde, ce qui permettait ainsi, derrière une neutralité critique de façade, de ne jamais prendre position.

Il savait que le sujet qui reviendrait à nouveau ce soir était l'irrésistible ascension du groupe Oulmène. C'était le thème central récurrent de toutes les discussions, partout, dans tous les milieux. La plupart étaient fascinés et en admiration devant l'irruption tonitruante de ce groupe moderne et dynamique sur la sinistre scène médiatique locale. Les méthodes de communication du Faucon vert tranchaient radicalement avec l'affreuse médiocrité ambiante. Oulmène suscitait une sorte d'émerveillement collectif : il ouvrait le champ des possibles pour une opinion prisonnière d'un système étouffant et assommée par une décennie de violences.

Sadek Bounab, lui, était trop au fait des réalités, notamment économiques, pour souscrire à cette histoire de génération spontanée et de croissance fulgurante d'une puissance financière surgie du néant. Et il se demandait pourquoi son adjoint, Smendou, revenait sans cesse sur la banque Oulmène et les avantages qu'il y avait à y déposer une part significative des avoirs de l'Omnium. Il n'avait guère d'estime pour la subtilité de Farouk Smendou, un collègue de lycée sans envergure à qui il avait confié, par commisération et faute de mieux, le poste de DG adjoint à l'Omnium. En fait, il n'y avait pas que la commisération, le successeur de son mentor, l'officier Rachid disparu prématurément, le lui avait suggéré avec une insistance certaine.

Hier, la belle Zahida Nassimi l'avait délicatement mais fermement mis en garde contre cet "empafé de Smendou" et elle lui avait clairement déconseillé – en fait formellement interdit – de l'écouter. Il y avait dans ses yeux un feu qui la rendait encore plus belle.

– Cet imbécile m'a donné du Madame Oulmène, je l'ai remis à sa place, pas très gentiment, c'est vrai. Mais je sais trop ce que signifie cet Oulmène-là, tu penses bien…

Il avait souri, car il connaissait sa tenace rébellion contre sa tribu et son refus, épidermique, d'être associée de près ou de loin aux Oulmène. Bounab lui avait tapoté doucement l'épaule, dans une expression d'affection contenue :

– Ne t'inquiète pas, camarade Zahida, *no pasarán* !

Il le pensait à ce moment-là, mais il demeurait perplexe en se demandant comment il réagirait si de hautes pressions venaient à s'exercer sur lui – et elles étaient dans l'air. Tout Alger voyait déjà dans cet Oulmène le messie de l'ordre libéral universel, le prophète de la prospérité et du progrès.

La Perruche était comble. Ses amis ne l'avaient pas attendu et étaient déjà bien avancés. Ils saluèrent son entrée par de généreuses tournées. Au comptoir et autour des tables couvertes de bouteilles de bière, il était beaucoup question d'un autre volatile, le Faucon vert… Pas uniquement à sa table, ce Faucon était le sujet unique de toutes les conversations. Sadek Bounab écouta beaucoup et parla peu.

21

– Toutes des salopes !

Cinq semaines après l'échec de sa grève et sa dispute avec Zahida Nassimi, Farouk Smendou ne décolérait pas. Les gens du syndicat avaient mal joué la partie, mais en parlant de "crise à l'Omnium", la presse avait atténué l'échec et lui avait permis de faire bonne figure avec Ahmed Bouflissa.

– La presse continuera d'en parler, lui promit ce dernier, puis il l'encouragea à persévérer, à ne pas oublier que le temps pressait et qu'il avait des appuis puissants. Zerrouk Talagueni fut moins délicat et lui dit à brûle-pourpoint qu'on se posait des questions :

– Tu sais à quel niveau on se pose la question : serais-tu vraiment la bonne carte ?

Il avait bredouillé quelques vagues justifications et promit qu'il allait accélérer les choses. Il fit valoir qu'il avait affaire à forte partie, à des "rouges" accrochés à leurs vieilles lunes.

– Si Zerrouk, même la sœur d'Oulmène me met les bâtons dans les roues, se plaignit-il.

– On s'en occupe, mais tu dois faire tes preuves, montrer aux autres qu'ils ne se trompent pas en misant sur toi, lui répondit-il.

Il savait qu'il ne pouvait rien faire et que seule la réunion du conseil d'administration lui offrait une opportunité de revenir à la charge. Pendant une semaine, il fut d'une humeur massacrante au travail et il déchargeait sa rage, dans la soirée, contre son épouse Aouichette. Il sentait sa peur à sa manière d'éviter de le regarder, d'éviter au maximum d'être près de lui en s'inventant des travaux domestiques ou en corrigeant les copies de ces “analphabètes d’étudiants”. C’était comme ça depuis la fameuse soirée où il l’avait mise au pas, où il lui avait montré qui était le patron.

Il s’était attendu à ce que sa cousine se plaigne à ses parents, mais comme il n’avait pas reçu la moindre remontrance, il en conclut qu’elle s’était soumise. Il en retirait un intense plaisir. Il se plaisait à être menaçant. Il se mit à l’asticoter. Au début, c’était un jeu. Ensuite, c’était devenu une fixation. Se soûler au retour d’une journée à l’Omnium ne lui suffisait plus, il voulait écraser, soumettre, dominer.

Il explosa le vendredi, jour de repos, dans la journée. Il avait été après elle dès le matin. Il n’y avait pas de lait dans le réfrigérateur, cela avait suffi à déclencher sa rage contre la “putain de chez moi”.

– Je vais sortir en acheter!

Elle était affolée, sa panique était palpable. Il avança vers elle, il se sentait calme, il flottait. Il lui prit le bras, elle se dégagea vivement.

Il l’entendit dire:

– Je t’en prie, ne me frappe pas.

Il frappa! Il vit sa bouche s’emplir de sang. Elle était incapable de hurler, mais il lui ordonna de se taire en mettant l’index sur la bouche. Elle pleura en silence. Il frappa à nouveau et elle s’effondra sur le carrelage de la cuisine. Elle ne bougea plus, elle essayait de respirer malgré le sang qui lui obstruait la bouche et le nez. Cela suffisait à Smendou:

– Ça t’apprendra à ne pas oublier le lait de ton maître. Il s’éloigna puis se retourna vers elle et ajouta en ricanant: ni le lit de ton maître.

Il se sentait bien. Il décida d’aller prendre l’air. Il prit les clés de la voiture et s’absenta trois bonnes heures, conduisant au hasard des routes. À son retour, elle n’était plus là. Elle reviendra, pensa-t-il. Il entra dans la chambre du seigneur: des vêtements éparpillés. Aouichette avait bien fait sa valise. Elle reviendra dans quelques jours, se dit-il. En entrant dans le salon, il en fut moins sûr : Aouichette ne s'était pas contentée de partir, elle avait brisé son stock de bouteilles de whisky. Au milieu du salon, le verre brisé était partout et le liquide faisait une grosse flaque très odoriférante.

– Salope, putain !

Une vague de colère le submergea. Ses bouteilles cassées importaient peu, ce qui le rendait fou furieux était le défi que leur destruction représentait. Il appela son oncle Smendou, le père d'Aouichette. Celui-ci ne lui laissa pas l'occasion de placer un mot et se borna à lui asséner :

– Farouk Smendou, tu es un chien, un moins-que-rien et si tu t'avises de venir chez moi, je te tue !

Deux semaines après son départ, Aouichette n'avait toujours pas donné la moindre nouvelle. Smendou se sentait un peu perdu, son triomphe avait un drôle de goût et l'appartement était devenu peu à peu une sorte de dépotoir.

Toutes des salopes ! Il pensait à Aouichette. Il pensait à Zahida Nassimi. Elle n'était pas membre du conseil d'administration, mais elle y assistait en tant que conseiller juridique. Le jour de la réunion était arrivé et Smendou pressentait qu'elle serait son pire ennemi.

La salle où se réunissait le conseil d'administration de l'Omnium se trouvait au troisième étage de l'immeuble abritant le siège social. Quand Farouk Smendou arriva, tous les membres du conseil étaient déjà présents, ainsi que Zahida Nassimi qui s'apprêtait à assurer le secrétariat de la réunion. Smendou lui lança un regard noir.

Elle l'ignora en se plongeant dans l'examen des documents qu'elle avait apportés. Smendou passa derrière elle, réprima une envie féroce de la prendre par les cheveux et de lui tordre le cou. Il rejoignit en trottinant un quadragénaire vêtu d'un costume de grand faiseur, les cheveux très gominés, qui parlait précipitamment et bruyamment. C'était le secrétaire général du ministère du Travail et du Bien-être social, un département très domestique qui n'empêchait pas le cadre gominé et massivement pistonné d'être constamment à l'étranger pour des missions totalement bidon avec des frais de mission, eux, bien réels.

Farouk Smendou lui serra la main avec empressement. Zahida releva la tête de ses dossiers et les observa franchement, sans cacher qu'elle s'intéressait à ce qu'ils pouvaient dire. "Eux, c'est nous, notre génération, la belle élite du trottoir. Tout ce qu'on a produit, c'est ça : des faux jetons, des arrivistes sans morale, des courtisans incultes... en quête perpétuelle de reconnaissance sociale, dépourvus de la moindre dignité et forts en gueule en plus..." Elle était écœurée, son dos lui faisait mal en y pensant. "Un échec historique, une génération d'idiots utiles qui ne laissera rien derrière elle, pas même l'ombre d'une idée..."

Ce sentiment d'échec prit un tour pathétique quand elle vit Sadek Bounab entrer, visiblement harassé. Pauvre camarade Bounab, pauvre de nous tous... se lamenta secrètement Zahida. Bounab s'affala dans son fauteuil présidentiel et regarda en silence les membres du conseil. Son regard s'éclaira et l'ombre d'un sourire se forma un instant lorsqu'il vit Zahida, puis tout s'éteignit à nouveau et la lassitude reprit le dessus. Il semblait pressé d'en finir. Il regardait avec une certaine curiosité Farouk Smendou, qui continuait de deviser avec le cadre gominé sans rien remarquer.

Sadek Bounab avait été le dernier à apprendre le rôle de son adjoint dans la grève avortée. D'abord il avait été perplexe, puis une vague inquiétude avait commencé à le tenailler. Il était bien placé pour connaître la couardise, la servilité intégrale de Farouk Smendou : il avait tant de fois géré ses angoisses quand il débarquait en larmes dans son bureau. Non, seul, sans une impulsion venue d'en haut, ce gros tas de Smendou n'aurait jamais pris de risques. Les vieux automatismes intellectuels du militant de gauche des années 1970, celui qui avait découvert que "rien n'est innocent" dans ce qui advient, qu'il y a toujours anguille sous roche et que tout est forcément lié à quelque chose de sous-jacent, de plus grave, ces automatismes mentaux se réveillèrent d'un seul coup à la vue du petit Smendou engagé dans une entreprise qui manifestement le dépassait.

Oui, mais quoi ? Quel est donc "ce complot qui s'ourdit" en reprenant la formulation paranoïaque du quotidien unique de l'époque socialiste ? Il commençait à en avoir une petite idée... Jusque-là, il avait pensé que les incitations de Smendou à placer des fonds à la banque du Faucon vert n'étaient qu'une manifestation parmi d'autres de l'effervescence générale, effet de mode ou réaction grégaire, qui entourait le patron de cette banque. Mais la soudaine témérité de Smendou donnait à réfléchir.

Il regarda aussi Zahida Nassimi, l'intégrité même, en pensant à ses laconiques mises en garde. Elle en savait certainement plus qu'il n'y paraissait, plus que ce qu'elle ne consentait à dire. Il ne douta pas un instant de sa loyauté, mais elle était allée directement à la conclusion sans autres explications : "Ne place pas un sou chez Oulmène !" Tout le reste avait été suggéré, évoqué de manière implicite sur un ton de "je sais de quoi je parle" qui évitait d'avoir à s'étendre sur ses sombres histoires de famille.

Allez, se dit-il, Smendou, lui, est très déchiffrable, je vais finir par savoir ce qu'il mijote.

– Et si tu prenais place, Farouk, on pourrait peut-être commencer ?

Smendou rougit et s'arracha laborieusement de l'orbite du secrétaire général gominé. Il dut souffrir les regards insistants des autres membres du conseil d'administration pendant qu'il trottinait autour de la grande table pour s'asseoir à sa place, à gauche de Bounab. Celui-ci expédia un ordre du jour routinier. En une heure, on avait discuté de l'ensemble des points, tranché pour certains dossiers et décidé de patienter pour d'autres.

– Bien, si personne n'y voit d'inconvénient, on peut lever la séance.

Smendou leva la main et demanda la parole. Nous y voilà, pensa Bounab en l'invitant à parler d'un geste de la main.

– Je voudrais, si vous le voulez bien, parler de stratégie. L'Omnium dispose de fonds importants, qui ne fructifient pas ou pas assez. Je trouve que ce n'est pas normal de rester par habitude dans une banque publique, alors que le secteur privé offre désormais de meilleures opportunités... On peut doubler le rendement de nos capitaux...

Il avait parlé d'un seul trait, fixant un point imaginaire sur le mur lui faisant face pour vaincre le trac, pour éviter d'être troublé par le regard des autres et spécialement par celui de Zahida Nassimi, dont le mépris silencieux l'exaspérait au plus haut degré. Sa tirade n'était pas tout à fait celle qu'il avait laborieusement préparée pendant des jours, mais il en fut satisfait malgré tout.

Les membres du conseil d'administration ne pipèrent mot, certains griffonnaient, d'autres bâillaient en attendant qu'on les libère de cette corvée qu'ils subissaient stoïquement dans le seul but de percevoir le substantiel jeton de présence. Leur attitude troubla Smendou. Dans son esprit, tous les membres du conseil avaient été "conscientisés" et comprenaient toute l'importance qu'on accordait en haut lieu à la question. Or, visiblement, ces gens n'avaient reçu ni directives ni conseils amicaux. Et dans ces cas-là, il le savait, ils se borneraient à entériner les propositions du PDG.

L'espoir lui revint quand le secrétaire général gominé prit la parole :

– Oui, ce serait un bon choix, la banque du Faucon vert est prometteuse et elle a le soutien du gouvernement... Nous ne devons pas avoir de préjugés contre une banque privée...

L'intervention du gominé fut suivie par un long silence. Bounab regarda, un à un, les neuf autres membres du conseil d'administration. Ils n'avaient rien à dire, ce qui signifiait que la décision lui revenait à lui seul.

– Bien sûr, il faudrait être stupide pour refuser une meilleure rémunération des fonds. La proposition de M. Smendou ne concerne cependant qu'une banque, l'Aigle vert...

– Non, le Faucon vert, rectifia le gominé.

– Oui, pardon, le Faucon vert! Vous dites qu'il a des soutiens, je n'en sais rien, mais cela ne devrait pas entrer en ligne de compte. Ce que nous gérons au mieux de nos possibilités, c'est l'argent de gens qui ont trimé toute leur vie. Ce qui doit d'abord entrer en ligne de compte, c'est la prudence, la sécurité du placement ou non...

– Mais il est sûr, je vous le garantis...

– Faudrait-il se contenter de la garantie de Farouk Smendou? demanda Sadek Bounab avec une pointe de sarcasme qui arracha un léger sourire à Zahida Nassimi.

Smendou était déstabilisé, mais il s'accrocha. Il se lança dans un plaidoyer confus. Plus il parlait et plus il s'emportait... Il exprima son mépris pour la "gestion d'épicier", pour l'"esprit borné qui ne saisit pas l'esprit du temps", pour ceux qui, enfermés dans une "idéologie ringarde" ne voyaient pas qu'un homme comme Oulmène incarnait un futur "autrement plus radieux que la fumisterie socialiste et ce secteur public essoufflé"...

Choquée au début de la tirade, Zahida Nassimi eut ensuite un petit sourire. Elle se couvrit la bouche avec son bloc-notes, puis baissa la tête et se pencha comme si elle cherchait un stylo tombé sous la table. On ne voyait plus que son long dos agité par des spasmes silencieux qui contaminèrent l'assistance. Le conseil d'administration luttait contre la contagion du fou rire et ne se contint plus quand Bounab s'écria:

– Hé, Smendou, quelle flamme, quelle verve! Doucement, on n'est pas dans un meeting électoral, tiens, prends un verre d'eau glacée, ça calme!

La défaite de Smendou fut consommée par un éclat de rire général. Le secrétaire général gominé en avait les larmes aux yeux. Affalé dans son fauteuil, incapable de bouger, Farouk Smendou regarda sans les voir les membres du conseil quitter la salle de réunion. Toute sa haine se concentrait sur cette femme, cette divorcée qui préférait l'idéologie à son propre frère et qui venait de le ridiculiser. Il mit un temps fou à reprendre ses esprits et à se mettre sur ses jambes.

– La salope, la salope!

Il répétait le mot comme s'il s'accrochait à lui pour ne pas tomber, pour contrarier le vertige d'humiliation qui l'envahissait.

Il était à deux doigts de pleurer de rage lorsqu'il appela Bouflissa, lequel écouta placidement ses récriminations.

– Il y a toujours une solution, lui dit-il aimablement en l'invitant à venir le lendemain assister au grand match derby de la capitale, afin qu'il "se change un peu les idées".

Sadek Bounab était irrité. Contrairement à l'habitude, il avait été très cassant avec Smendou. Il n'aimait pas montrer qu'il disposait du pouvoir hiérarchique, encore moins l'exercer de manière brutale et en public de surcroît. Mais cet idiot de Smendou ne lui avait pas laissé le choix et il n'avait pas trouvé d'autres moyens de le stopper qu'en adoptant un ton cassant. Humiliant! Bien sûr, il y avait cette discrète admiration de Zahida Nassimi, mais elle ne compensait pas la mauvaise conscience d'avoir fait rire l'assistance aux dépens de son adjoint en titre.

Il expédia le courrier l'humeur plutôt sombre. Le téléphone sonna. C'était Rahim, le chef de cabinet de Zine Fertasse, le ministre de l'Argent. Rahim était un ancien copain de fac avec lequel il avait partagé des réunions studieuses dans une cellule du parti clandestin à analyser le capitalisme d'État et ses possibles évolutions. Un brillant dialecticien ou un excellent bonimenteur, aujourd'hui il ne savait plus...

– Comment vas-tu, Sadek? Il faudrait qu'on organise des réunions entre anciens... En souvenir du temps passé...

– Oui, pourquoi pas, répondit prudemment Bounab.

– Tu vas bien ? J'ai lu la presse, il paraît que tu as quelques ennuis à l'Omnium…

– Rien de grave, c'est réglé.

– Est-ce que tu suis la montée en puissance du groupe du Faucon vert ?

Nous y voilà encore, songea Bounab, un autre ami qui ne me veut que du bien.

– Tu sais, c'est l'entreprise d'un jeune homme très dynamique, très apprécié en haut lieu…

– Rahim, accouche…

– Quoi ?

– Dis-moi, camarade, explique-moi pourquoi tu n'es pas la première personne à venir me chanter les louanges d'Oulmène ?

– On est beaucoup à penser qu'il mérite d'être soutenu. Beaucoup d'anciens camarades le pensent…

– Le chef de cabinet du ministre des Finances le pense aussi ?

– Bien sûr…

– Le jeune homme qui pensait qu'une des évolutions possibles du capitalisme d'État était la prédation le pense-t-il aussi ?

– Laisse tomber ces vieilleries ! Nous devons favoriser tout ce qui est moderne et oublier ces histoires de classes laborieuses et exploiteuses. Nos retards favorisent les intégristes…

– Est-ce que tu m'appelles pour m'inciter à faire un bon placement au Faucon vert ?

– À ta place, je le ferais…

– Tu n'es pas à ma place !

– Tu sais, tu peux compter sur nous…

Nous… Les oreilles de Bounab se mirent à chauffer et il serra si fort le combiné qu'il en eut mal à la main.

– *Nous*, c'est qui, Rahim ? Je n'arrête pas de rencontrer ce *Nous*… Tu peux m'éclairer ?

– Je ne comprends pas…

– Ce *Nous* dont tu parles aujourd'hui, c'est *Eux*, n'est-ce pas ? Tu te souviens des méchants et des salauds que nous ne désignions que par *Eux*?

– Sadek, les temps ont changé…

– Je le constate ! Mais, désolé, je reste le vieux ringard qui a du mal à renier le Manifeste, je reste toujours un progressiste pas très soluble dans ce capital-là. Si toi, ton ministre et *Eux* voulez que je place l'argent de l'Omnium chez Oulmène, faites-moi un écrit officiel ou désignez quelqu'un à ma place. Il me plaît, Rahim, d'être le dernier des Mohicans, celui qui défend vaille que vaille le secteur public… Je suis toujours *moi*, je ne suis pas encore devenu *Eux*… Et je crois que je n'ai pas envie de le devenir, même pour me préserver des intégristes comme tu dis…

Au bout du fil, Rahim déglutit et opéra prudemment un repli :

– Sadek, sache que je n'ai aucune arrière-pensée, je ne voudrais pas de malentendu.

– Je suis prêt à te croire ! Tu vois, cela fait presque dix ans qu'on ne s'est pas vus ni parlé. Et quand tu m'appelles, ce n'est même pas pour pleurnicher de nostalgie à l'évocation du temps passé, mais pour faire la réclame d'un individu bizarre qui monte une affaire bizarre dans un contexte bizarre… Que voudrais-tu que je pense, moi qui ai été formé comme toi dans l'obsession du complot et la théorie de la conspiration… Moi qui ai été en taule pour avoir essayé de sauver une entreprise… C'est pour ça que je te le redis, Rahim : si *Eux* veulent que je place le fric des petits vieux chez Oulmène, il faut qu'ils assument, qu'ils pensent à me faire un papier en bonne et due forme.

– Laissons tomber, fit Rahim.

– Laissons tomber et au revoir, camarade, répondit Bounab en raccrochant doucement.

Il alluma une cigarette. Il n'était pas mécontent d'avoir dit ce qu'il pensait à Rahim, mais il commença néanmoins à se préparer mentalement à être révoqué ou, pire, à repartir encore une fois en prison pour des malversations qui n'auraient même pas besoin d'être prouvées.

– Plutôt ça que de baisser encore une fois son froc ! *Eux* nous ont suffisamment bousillé la vie, il est temps de dire pouce, ça suffit, *barakat* !

Dans la soirée, en rentrant de La Perruche, il regarda très souvent dans le rétroviseur et surveilla avec attention les camions…

22

"Han!" La matraque déjà usée du policier s'abattait avec violence dans la foule qui encaissait les coups sans broncher. On entendait des cris de douleur, des jurons et des blasphèmes, des "Ne pousse pas!" auxquels répondaient des obscénités cataclysmiques et les "han!" de policiers maniant leurs instruments sur le tas, indistinctement, sans se soucier de savoir sur quelle partie du corps atterrissaient leurs coups.

Farouk Smendou, qui n'avait plus remis les pieds dans un stade depuis des lustres, était horrifié. Il était prudemment resté sur le trottoir d'en face, observant avec inquiétude cette masse compacte et instable de jeunes décidés à pénétrer dans un stade déjà archicomble. Bouflissa lui avait dit de venir, mais il ne l'avait pas informé des dispositions pratiques qui lui éviteraient de passer au milieu de la foule.

Il regarda avec effroi les policiers, déjà débordés, qui faisaient tourner les matraques en l'air avant de les asséner sur des jeunes qui commençaient à devenir furieux.

– Fils de p..., lança un policier en ponctuant sa venimeuse insulte d'un violent coup de rangers qui mit à bas un jeune homme au T-shirt déjà déchiqueté par la houle. Le coup avait été si violent qu'il provoqua un indicible instant de silence, suivi d'un long moment d'hésitation.

– *Haggar*, salaud! hurla subitement quelqu'un. Il y eut un blanc, puis la foule se déchaîna: "*Taghout*, tyran!", "Flicha, Napoli!" – les noms de jeunes terroristes de la Casbah. Les mots étaient scandés avec haine. Une pluie de pierres s'abattit sur les flics; vaincus par le nombre, ils se replièrent à l'intérieur du stade en refermant derrière eux un grand portail de fer. La foule se déchaîna sur le portail à grands coups de pied rageurs. Des jeunes apportèrent une grande poubelle en fer et la lancèrent au-dessus de la porte.

Tout à leur entreprise de démolition, ils ne remarquèrent que tardivement le débarquement très martial de deux compagnies de CRS. Casqués, boucliers dans une main, matraque brandie dans l'autre, ils fonçaient sur les émeutiers tandis qu'un chef stimulait leur ardeur: "Pas de quartier!", suivi d'un chapelet de propositions ordurières. Smendou assista à un rétablissement musclé de l'ordre public, avec des passages à tabac en règle, des coups de pied pulvérisant les tibias de jeunes pris dans la nasse, tandis qu'au loin, ceux qui étaient parvenus à s'extirper du guêpier lançaient des pierres et des injures à ces "vauriens" de flics.

– Fiche le camp d'ici!

Smendou fut bousculé par un policier qui lui ordonna sans ménagements de circuler. Il recula, pestant contre Bouflissa: c'était un guet-apens qui lui avait été tendu, on ne le reprendrait plus jamais à rôder autour d'un stade où ne s'aventurent que des drogués et des malades mentaux. Pourtant, arrivé devant la mosquée où certains fidèles barbus paraissaient ahuris que de bons musulmans puissent encore dissiper leur attention de l'adoration de Dieu pour une misérable partie de football, il marqua un temps d'arrêt. Les gens se préparaient à la prière. Tout était si paisible que les scènes de brutalités devant l'entrée du stade lui parurent irréelles. Il prit son téléphone portable et appela Bouflissa.

Il l'entendit rire quand il lui fit le récit de sa mésaventure. Il lui demanda ensuite de lui expliquer où il se trouvait et de rester sur place. "Quelqu'un va venir te chercher..."

Il s'attendait à ce que l'émissaire de Bouflissa vienne du stade, mais il surgit de la mosquée.

– Monsieur Smendou?

Il se retourna et eut un mouvement de recul quand il vit un barbu au sourire plus fourbe qu'avenant.

– Si Bouflissa m'a chargé de vous amener au stade, lui dit Moh Ch'hili en le prenant doucement mais fermement par le bras.

Farouk Smendou se laissa guider par le barbu rondouillard, qui traversa sans coup férir les cordons de police. On le saluait chaleureusement. On les laissa entrer dans le stade sans exiger de ticket. Smendou était entre de bonnes mains. À l'intérieur, l'air était déjà saturé d'électricité. Les fans des deux clubs échangeaient depuis des heures quolibets et insultes. Une intense énergie hormonale inemployée cherchait à s'exprimer, tous voulaient en découdre...

Moh Ch'hili conduisit Farouk Smendou à un salon proche de la tribune officielle. Bouflissa, élégant, en costume strict tranchant sur le négligé "sportif" de mise, était déjà installé, un gros cigare à la main. Il salua chaleureusement Smendou.

Ch'hili s'excusa :

– Je dois calmer le jeu. Les jeunes sont en train de s'exciter.

– Oui, répondit Bouflissa, il y a toujours ce vent mauvais... Mais reste donc prendre un café avec nous. Tu as toute la journée pour défendre le fair-play.

On servit les cafés, des boissons non alcoolisées et des amuse-gueules.

– Moh Ch'hili est un garçon précieux, expliqua Bouflissa à Smendou. Il est dynamique, sérieux et il sait parler aux jeunes...

– Vous exagérez, Si Bouflissa, j'essaye juste de faire au mieux et je n'y arrive pas toujours.

– Alors, que se passe-t-il à l'Omnium ?

– Je me bats contre une secte de communistes résiduels, Si Bouflissa... Ils ne veulent rien comprendre, ils bloquent tout...

– Rappelle-moi le nom du patron ?

– Bounab, Sadek Bounab...

Smendou parla longuement de Bounab, décrivit un mécréant intégral, un individu peu fiable au nationalisme douteux, un pseudo-progressiste.

– Figurez-vous qu'il se dit pour l'abrogation du Code de la famille... Mais en réalité, c'est un imposteur. Il a pris une seconde femme et Selma, sa première épouse, ne le sait même pas ! Il ne respecte même pas la charia, cet enfoiré... Je me demande si je ne devrais pas en informer sa femme et lui expliquer que quand il découche, Bounab est dans les bras d'une autre à Tipaza. Il croit que je ne le sais pas, mais j'ai mes informateurs. Il n'arrête pas d'inventer des séances de travail et des rencontres importantes pour rejoindre sa jouvencelle...

Bouflissa le fit parler et obtint sans grandes difficultés maints détails sur la vie de Sadek Bounab, sur ses habitudes nocturnes, ses trajets... Moh Ch'hili, silencieux, ne perdait pas une miette de la conversation en sirotant son café. Il avait l'habitude. Bouflissa ne lui avait pas demandé par hasard de rester et d'écouter. Il attendait un signe. Il vint comme toujours, anodin, banal.

– Vraiment, ce type n'a rien compris. Il n'a pas compris comment le monde tourne, dit Bouflissa en se levant. Mais le monde rattrape toujours ceux qui entravent sa marche et les rejette dans l'oubli. C'est la vie ! Allons, mes amis, allons voir ce match, c'est le moment de mettre nos adversaires KO...

Dans la tribune, Smendou, assis à la droite de Bouflissa, regarda à peine le match. Il passa le plus clair du temps à observer les tribunes en furie et le mouvement des corps des jeunes qui semblaient se dilater sous l'effet d'une énergie hors du commun. Et au milieu, il voyait Moh Ch'hili, souriant, volubile, nager comme un poisson dans l'eau...

L'émissaire traversa calmement la tribune, sans prêter attention à la furia des spectateurs. Il ne regardait pas le terrain, où le match prenait un tour brutal. Il s'en fichait totalement. Il était là pour affaires, pour son rendez-vous routinier. Il parvint jusqu'à Moh Ch'hili et s'assit à côté de lui. Il ne dit rien. Moh Ch'hili se pencha :

– Sadek Bounab, PDG de l'Omnium. Il habite les Annassers, mais il se rend presque chaque nuit à Tipaza, à la Cité radieuse, dans une Daewoo gris clair. Il a une autre femme…

L'émissaire attendait la suite, toujours silencieux, le regard vide.

– Rien ne dure, tout passe en ce bas monde. Seul Allah est éternel ! conclut Moh Ch'hili. Le messager se leva et partit sans un mot, sans saluer. Il avait reçu sa commande, il allait la transmettre.

23

"Calmer Selma, lui expliquer!" Dans la file des voitures filtrées par un check-point de l'armée en rase campagne entre Tipaza et Alger, il prenait son mal en patience. Elle l'avait appelé sur son portable. Un volcan de colère, de sanglots, de récriminations. Elle savait pour Linda, elle savait tout! Elle le traitait de "salaud" et de "lâche". Comment avait-elle su? Il avait pourtant fait preuve de prudence. Bien sûr, il découchait, mais il le faisait déjà avant de connaître Linda.

Comment lui expliquer ce qu'il ne s'expliquait pas lui-même, comment justifier cette seconde vie qu'il s'était octroyée, hors d'elle, hors du monde? Les mots lui viendraient sûrement, il suffirait d'être sincère, de dire qu'il avait été effrayé par la fuite du temps, qu'il avait commencé quelque chose à partir de rien, histoire de sentir qu'il avait encore du temps... Elle ne le comprendrait pas, c'est sûr!

Elle accuserait la duplicité fondamentale des hommes, elle lui répéterait qu'il n'était que mensonge, que tout n'avait été que mensonge... Lui dire que leur amour n'était pas un mensonge mais qu'il était appelé, comme toute chose, à perdre de son éclat et à disparaître dans les limbes de l'habitude. Lui dire qu'on ne vivait que dans l'inexorable de la fin... Trop intellectuel! Coupable, Sadek!

Et puis ces militaires qui prennent leurs temps!

– Sadek Bounab?

Son nom prononcé distinctement en rase campagne par un inconnu en treillis qui l'éclairait avec sa torche électrique! Il comprit de manière instantanée. C'était donc cela, aussi simple que cela! Son nom énonçant la sentence. Il n'avait pas peur, juste un peu déçu par la banalité d'une fin qu'il avait imaginée – espérée – plus romanesque.

– Sadek Bounab. Ce n'était même pas une question. L'homme ouvrit la portière et l'invita à descendre : Sadek Bounab, on t'attendait... Il ne manquait que toi pour commencer la fête... Je suis Abou Nihaya ! Je suis là pour t'annoncer la fin... Mais avant, on t'offre un spectacle exclusif, une représentation pour toi tout seul... Abou Nihaya se tourna vers les autres hommes : c'est bien lui, on peut commencer.

L'homme fit monter Sadek Bounab sur le talus et l'invita à s'asseoir sur une grosse pierre plate. Six voitures attendaient derrière celle de Bounab. Les hommes en treillis se déployèrent et firent descendre les passagers des véhicules. L'air se chargea brusquement de mauvaises vibrations.

Les passagers des véhicules avaient compris qu'ils étaient tombés dans un de ces trop fameux "faux barrages". Silencieux, les hommes en treillis alignèrent la douzaine d'hommes en face de Bounab et d'Abou Nihaya. On les fit ensuite coucher à plat ventre, prêts, comme des moutons un jour d'Aïd du sacrifice.

– Pourquoi ? lança faiblement l'un d'eux, sans espoir de réponse.

Bounab vit les hommes se faire égorger un par un, il entendait des pleurs étouffés, des prières et un "fils de chien de pute" qui mourut dans un drôle de petit râle. Bounab suffoquait. Il parvint néanmoins à sortir le mot :

– Pourquoi ?

Abou Nihaya rit lugubrement :

– Pourquoi ? Pourquoi ? Il n'y a pas de pourquoi... Il n'y en a jamais, il y a juste des comment... Et encore...

La campagne était déserte. Bounab ressentait ce vide en lui-même. "Qu'est-ce que je ressens ? Ma vie ne défile pas sous mes yeux en accéléré... Rien de tout cela ! Je pense plutôt à la vie que j'aurais pu avoir, à celle que je n'ai pas eue..." Abou Nihaya le regardait, froid, sans haine mais sans la moindre compassion.

– Tu préfères une balle, n'est-ce pas ? Désolé, mais tu dois mourir comme tes invités d'en bas… Mais je vais peut-être te faire quand même cette faveur… Une balle, oui…

– Cela n'a plus d'importance. Je veux juste savoir pourquoi, pourquoi eux… ?

Bounab désigna du menton les corps allongés sur le bas-côté.

– Ceux-là ? Pour rien, par pur hasard, parce qu'ils étaient au mauvais endroit au mauvais moment. D'une certaine manière, c'est toi le responsable. Ce mauvais moment, ils te le doivent. Tu serais passé plus tôt, ce serait d'autres qui seraient morts.

– Pourquoi moi ?

– Je n'en sais rien, tu es une commande, rien qu'une commande. J'assure la livraison avec garniture et suppléments, dit-il en désignant la dizaine de cadavres. C'est cette garniture qui donne à ta mort l'aspect de la fatalité, d'une malchance fortuite… Personne ne se posera de questions, c'est très différent de ce qui pourrait se passer si tu étais l'unique victime…

– Qui ?

– Tu dois sûrement le savoir, dit Abou Nihaya en haussant les épaules.

– Non…

– Un ami, un frère, un associé. Qui sait ? Le champ des possibles est vaste, mais le crime est parfait. Chacun fait ce qui lui plaît, il y a le grand burnous de la guerre pour couvrir le tout ! Tu es mort sur une route comme des dizaines de personnes meurent tous les jours. Tués par des terroristes ou des brigands, qui peuvent eux aussi être tués, mais qui ne seront jamais attrapés et jugés. C'est la règle ! Ceux qui ont passé la commande viendront sûrement à ton enterrement.

Sadek Bounab vit au loin, à près de trois kilomètres, les phares d'une voiture trouer la nuit. "Mourir dans les temps morts…" Il sentit qu'il devait faire quelque chose, c'était impérieux, sa façon à lui de ne pas attendre passivement la mort comme ces pauvres gens en bas passés au couteau comme des moutons, il devait les amener à terminer la besogne tout de suite, les contraindre à le tuer et à se retirer dans leurs tanières de fauves... Avant que la voiture n'arrive, avant que ce foutu hasard ne tombe sur son conducteur, bêtement, comme pour les autres... Cela donnait un peu de sens à cette mort qui venait, idiote, en plein temps mort...

– Finissons-en !

Le liquidateur comprit. Il rit :

– Une bonne action avant de mourir ? Pour gagner un ticket pour le paradis, avoir ses belles houris vierges. Je n'y crois plus... On m'a pourtant dit que tu étais athée ?

– Finissons-en, dit fermement Bounab.

– Bien !

Le liquidateur leva son arme. Lentement. Bounab ferma les yeux. Il se demanda vers qui irait son ultime pensée avant de basculer dans le néant... Seul le nom de Linda et son visage souriant lui vinrent spontanément à l'esprit, ni Selma ni les enfants. Ma dernière trahison... Il souriait... Abou Nihaya appuya sur la détente. La tête de Bounab explosa. Le liquidateur ordonna le repli. Lui et ses hommes étaient déjà à une cinquantaine de mètres quand la voiture aperçue par Bounab passa sans ralentir devant le lieu du massacre.

Les habitués de La Perruche levèrent le coude à la mémoire de Sadek Bounab. Ils noyèrent des projets de larmes dans la bière et le whisky, silencieusement. L'absurdité de la mort de leur ami les envahissait. Ils se souvenaient de ce qu'il disait un soir de vin mélancolique : "Le plus triste serait de mourir dans les temps morts, une fois que la partie est sur le point de se terminer, quand les gens quittent déjà les gradins et que plus personne ne fait plus attention à ce qui se passe sur le terrain..."

C'était vraiment un temps mort. Une fin de partie confuse, mais acceptée par presque tous les protagonistes. Le régime avait un nouveau président, le système s'était doté d'une nouvelle apparence, on parlait beaucoup de "concorde civile", une bonne partie des barbus armés se recyclait dans le commerce hallal béni par les autorités, quelques-uns continuaient une partie incompréhensible… Rien de bien dérangeant. "Ah, ils sont morts, les pauvres… enfin… Et alors, tu as acheté ton climatiseur?" Routine d'après une guerre sans paix, routine de gens usés, saturés de violence et de terreur qui ne veulent plus savoir, qui choisissent de ne plus se sentir concernés…

La mort de Sadek Bounab ne suscita donc pas de grandes lamentations. Aux alentours de midi, ses amis de La Perruche étaient allés à l'enterrement, au cimetière à la configuration tourmentée d'El-Kettar, à Bab-El-Oued. Pas beaucoup de monde, des parents, des employés de l'Omnium, Farouk Smendou, le difforme directeur adjoint, d'anciens copains d'université hagards et quelques responsables indéfinis cachés derrière des lunettes noires. Tout était d'une banalité consternante: "Il était là, il est parti, on tourne la page…"

– Il y avait quand même un joli soleil pour dire au revoir à notre ami, soupira un habitué de La Perruche qui ne retint plus ses larmes. Les potes de Bounab burent plus et plus longtemps que de coutume. Le patron du bistrot offrit une tournée à sa mémoire. Quelqu'un récita *Est-ce ainsi que les hommes vivent?*, le poème d'Aragon qu'en bon jeune communiste il affectionnait et qu'ils semblèrent tous découvrir pour la première fois.

Ce fut sans doute, entre canons de rouge et rasades de whisky, entre mentir vrai et la triste perspective du retour vers la couche conjugale, l'hommage le plus sincère qui fut rendu à Sadek Bounab, cadre de la nation émérite, perdu en rase campagne, à côté d'une douzaine d'anonymes, sur une route de Tipaza qui en avait vu bien d'autres.

– Tout est affaire de décor…

C'est ce que répéta l'un d'eux, hébété, comme s'il découvrait un au-delà du vers qu'il n'osait pas formuler ni même partager avec ses copains de libations.

Dans la presse, comme Sadek l'avait lucidement prévu, on publia de petits articles insincères, incolores et sans saveur, sur l'"homme de progrès" assassiné au milieu des "humbles qu'il avait toujours défendus" par les "résidus des hordes sauvages". Les lieux communs usés jusqu'à la corde de l'indignation de commande, qui avaient si bien marché avec les blancs depuis plus de sept ans de guerre sale : "La barbarie, encore une fois, a agressé l'intelligence, l'obscurité médiévale a tué un homme de lumières..." La presse n'insista pas trop sur ce registre : les médias occidentaux ne s'émouvaient plus vraiment sur le sort des victimes, sur les cibles bizarres du "terrorisme islamiste". L'Algérie n'intéressait plus les journalistes du Nord : ce n'était plus la peine d'en rajouter.

Un journal dont Bouflissa était actionnaire évoqua la perte cruelle d'un "homme de gauche, ouvert, moderne, attaché au secteur public mais néanmoins attentif aux évolutions nécessaires. Il était, dit-on, très intéressé par l'émergence des banques privées et du management diversifié et dynamique des fonds de retraités qu'elles pouvaient permettre... Mais ses idées, il a su les faire partager à ses collaborateurs qui sauront les rendre effectives. Ce serait le meilleur des hommages..."

Farouk Smendou assura l'intérim. Il réunit l'ensemble du personnel dans le hall pour un hommage solennel et décréta une minute de silence en l'honneur de Sadek Bounab, "notre ami à tous".

– Oui, oui, il était l'ami de tous, des travailleurs de l'Omnium, mais aussi de ces millions de retraités qui ne le connaissaient pas, mais qu'il servait avec abnégation. Sadek Bounab va nous manquer cruellement, mais nous devons entretenir sa mémoire en réalisant les objectifs qu'il avait tracés pour l'Omnium...

Farouk Smendou s'installa dans le bureau de Bounab. J'y suis, pensa-t-il. Il connaissait bien ce bureau, mais tout lui semblait nouveau, différent. Il prit place sur le fauteuil. Un peu trop haut. Il passa un long moment à l'ajuster avant de trouver la hauteur qui lui convenait. Il appela la secrétaire de Bounab et lui demanda les dossiers sur lesquels il travaillait.

– Oui, tout de suite.

Son regard était fuyant. Elle a peur pour sa place, se dit Smendou...

Puis le téléphone se mit à sonner sans arrêt. On le félicitait de toutes parts.

– Le grand jour est enfin arrivé, vous allez leur montrer, Smendou, n'est-ce pas? dit Moumen Terfous, l'ondoyant chargé de mission à la fonction indéfinie. La voix du général Zaâma tonna comme sur un champ de bataille:

– Nous sommes là, fils, tu as gagné, toute entrave sera balayée, rien ne te résistera!

Zine Fertasse et Zerrouk Talagueni eurent étrangement presque la même formule:

– Tu as atteint tes premiers objectifs, et à présent tu sais ce que tu dois faire!

Le message le plus troublant fut celui, prononcé sur un ton très calme, de Ahmed Bouflissa:

– Smendou, tu as vu que les dieux des stades te sont favorables...

– Oui, ils sont favorables...

Il avait répondu poliment, de manière mécanique, mais les félicitations de Bouflissa le mirent mal à l'aise: l'idée que son accession au pouvoir était liée à la mort de Bounab l'avait effleuré, mais il l'avait rejetée avec vigueur. Il refusait d'y penser. Bouflissa semblait justement vouloir évoquer ce lien, le rendre palpable. Mais il passa vite à un autre sujet.

– Maintenant que tu as le pouvoir, tu peux te débarrasser de ceux qui constituent une entrave. Même la sœur d'Oulmène, d'ailleurs je te conseille de le faire. C'est une bonne manière de marquer ton territoire et de montrer que tu es le chef...

Zahida Nassimi ! Il l'avait oubliée ! Il ne se souvenait pas l'avoir vue à la minute de silence organisée dans le hall. "Mais elle ne perd rien pour attendre ! Je ne vais pas la saquer tout de suite, je vais attendre la réunion du conseil d'administration pour l'humilier devant tout le monde, après ce qu'elle m'a fait subir avec ce pauvre type de Bounab ! La salope, elle se prend pour qui ? Je lui montrerai qui est le chef ! Je leur montrerai à tous ! Même Aouichette reviendra, comme une chienne fidèle !" Smendou était à nouveau furieux, il effaça ses idées perturbantes sur le lien entre la mort de Bounab et sa bonne fortune.

Après avoir assuré l'intérim durant une semaine, il était désigné, par décret présidentiel, président-directeur général de l'Omnium des retraites. Jamais un intérim ne fut si bref dans l'histoire des fonctions régaliennes. Une semaine après son intronisation officielle et la célébration du décret de nomination, il fit entériner par le conseil d'administration la décision de placer les trois quarts des fonds de l'Omnium à la banque Oulmène, une somme coquette de quelque deux milliards de dinars, près de vingt millions de dollars. Aucun membre du conseil ne discuta la proposition. Smendou triompha, mais ne fut pas totalement satisfait. Zahida Nassimi lui avait joué un ultime sale tour : elle ne s'était pas présentée au premier conseil du nouveau PDG.

24

Et le Faucon vert s'envola enfin! Tout le pays avide de rêves et d'évasion, du haut du pillage d'État au bas de la misère et de la déshérence, s'emballa avec lui. Zahida Nassimi dut admettre la réalité: l'idiot des Oulmène était roi d'Alger! La ville succomba et le pays suivit.

Une douce folie s'empara de beaucoup et Smendou ne sut jamais – cela aurait sans doute flatté son ego en mal de promotion et de reconnaissance – qu'il avait permis d'édifier un empire à partir du néant: quelques mois après sa naissance, la banque du Faucon vert avait reçu l'impulsion décisive. L'argent déposé par l'Omnium eut raison de toutes les réticences. Tous ceux qui détenaient des fonds publics, entreprises et organismes, suivirent l'exemple. Ils le firent volontairement, sans être directement incités par les manipulateurs d'État, sans en être dissuadés non plus.

Le placement Smendou ne suscitant aucune réaction des autorités de tutelle, ni de celles chargées de la régulation financière, aucune rumeur défavorable ne circulait. Le silence des relais médiatiques de l'omnipotente Sécurité militaire valait approbation. Encore plus significatives étaient les couronnes de laurier journellement tressées par la presse pas très indépendante au jeune Oulmène. Tous les feux étaient au vert.

L'afflux de fonds dépassa toutes les attentes d'Oulmène. Deux mois auparavant, il recevait encore des lettres d'avertissement comminatoires de Nasreddine Tchabtchak, le président de la Banque centrale nationale, qui s'affolait et réclamait que la banque du Faucon vert dépose le capital social minimal exigé. Il avait ignoré ces suppliques bureaucratiques : il n'avait pas de comptes à rendre à un pâle fonctionnaire, aux pouvoirs plus qu'incertains…

L'argent affluait désormais de partout, les agences du Faucon vert ne désemplissaient pas. "Le chiffre d'affaires du Faucon vert a atteint un milliard quatre cent millions de dollars" : la nouvelle fut annoncée dans les journaux comme une prodigieuse victoire de "l'Algérie qui gagne". Les Cassandre, perplexes devant ce prodige, étaient contraints au silence. Oulmène lié au pouvoir ? Et alors ? rétorquaient les plus "réalistes", c'est une raison de plus pour lui faire crédit.

Les petits épargnants vidaient leurs comptes des "pitoyables banques publiques", selon la cruelle formule d'un éditorialiste "indépendant" et les déposaient au Faucon vert. Même ceux qui avaient de très bonnes raisons de ne jamais déposer leurs fonds dans une banque cédèrent à la tentation. Quelques mois seulement après le premier dépôt de l'Omnium, le Faucon vert devint un gigantesque aspirateur de fric, une pompe à capitaux.

Zahida Nassimi, qui n'avait pas remis les pieds à l'Omnium depuis la mort de Sadek Bounab, était une des rares personnes à ne pas être touchée par l'envoûtement. Elle était déprimée de n'entendre parler que du Faucon vert, de ses projets et de l'image extraordinaire qu'il donnait du pays. Elle collationna toutes les informations de la presse et décida que c'était de la frime poussée à l'absurde, un conte de fées pour débiles mentaux, de la propagande pour demeurés, bref une histoire à dormir debout qu'on faisait ingurgiter à des lecteurs avides de rêves.

Le pire, elle le constata auprès de ses amis, est que les gens y croyaient. Ils voulaient y croire et ne voyaient plus rien. Oulmène ne leur laissait aucun répit en annonçant projet sur projet, il leur offrait le spectacle idéal, le roman-photo d'un succès astronomique. "On a tout raté, tout est un échec… Alors les gens veulent espérer une réussite qui déclenchera toutes les autres. Un signe positif… Tu parles !

Le même signe que des croyants naïfs avaient cru, magie du laser aidant, voir dans le ciel d'un stade islamiste..."

Zahida Nassimi sombra dans une sorte de mélancolie, elle ne sortait presque plus de chez elle. Les présentoirs des rares librairies n'offraient rien d'intéressant et, de toutes les façons, il n'y avait nulle part où aller en dehors du marché du quartier. Il ne lui restait comme ballon d'oxygène qu'Internet et les mails qu'elle échangeait avec les amis de l'exil éparpillés aux quatre coins du monde. Elle se demanda si le moment n'était pas venu de reconsidérer sous un œil nouveau l'idée d'aller au Canada. Son mari qui s'y était installé ne désespérait pas de la voir venir...

Oulmène, lui, était sur un nuage. Il avait de l'argent à ne savoir qu'en faire. Le monde entier était à ses pieds, journalistes, ministres, artistes, écrivains et footballeurs. Il était le centre de tous les événements ! Du plus sélect, dans les salons de l'hôtel des Morisques, jusqu'aux plus populaires, dans les stades de football. Ses conseillers lui avaient suggéré d'organiser un grand match de foot à Alger entre l'équipe nationale et une équipe celtique. Ce fut une réussite complète.

Tout ce qui comptait dans l'organigramme de la nomenklatura se bousculait devant l'entrée des officiels. Pour des raisons inexpliquées, n'étant pas particulièrement connue comme amatrice de football, l'actrice Marguerite Villeneuve, venue spécialement de Paris et installée à la tribune officielle du stade à la droite de la nouvelle incarnation présidentielle, s'ennuyait royalement et le montrait... Le célèbre comédien Gilbert Perdrieux était là lui aussi. Mais, contrairement à la Villeneuve, il s'amusait visiblement comme un fou et riait aux éclats. À la fin du match, devant des caméras tiers-mondistes énamourées, il exprima à sa manière théâtrale sa profonde sympathie pour les enfants du pays et spécialement pour le grand, l'immense Oulmène.

Mais Oulmène n'avait cure des festivités indigènes. Il voulait plus et mieux, allumer les vrais sunlights, ceux qui comptent vraiment. Ceux qui illuminent les fêtes des blancs civilisés et tellement sophistiqués. La politique de communication de son "groupe" – comme fut labellisée une série interminable de fiestas en tout genre – devait atteindre le zénith médiatique. Il s'attela sérieusement à la tâche et l'événement tant attendu arriva enfin : à Nice, à la Villa Jarretelle acquise à grands frais avec l'argent des retraités, Zerrouk Talagueni et Moumen Terfous eurent leur fête jet-set, loin de la grossièreté barbaresque. "Une fête comme on n'en avait pas connu depuis plusieurs décennies, Alger enlaçant Hollywood pour un décollage vertical", avait écrit, enthousiaste, un magazine people hexagonal en agrémentant l'article de superbes photos.

On adora Oulmène, il était le nouveau prince de la nuit et des fêtes, celui qui savait accueillir avec munificence, celui à qui l'on disait : "Vous êtes Algérien ? Vraiment ? Vous êtes si différent !" Cela lui faisait plaisir. Oui, vraiment, lui était un homme d'affaires moderne, un vrai citoyen du grand monde… Il était un roi parmi les rois et ses invités étaient des princes, sa cour, ses obligés ! Il ne lésina pas sur les frais. C'était un investissement à long terme, de la diplomatie relookée au service de la patrie : des jets privés pour ramener les prestigieux invités, des suites au Majestic, au Négresco, à l'Eden-Roc… Pour fête de couronnement, la méga-teuf de la Villa Jarretelle avec le dessus du panier du monde mirifique des paillettes et du strass. Ah, la Villa Jarretelle, une résidence digne d'un roi du pétrole ! Digne d'un oligarque russe, d'un émir saoudien, d'Oulmène Mokadem, *tycoon* algérien : des enfilades de somptueux salons, de vastes terrasses arborées, un magnifique parc surplombant le bon côté de la Méditerranée…

Le bonheur parfait, la reconnaissance triomphale, la preuve étincelante qu'il était membre de plein droit de l'élite mondiale, éligible aux magazines people et aux plateaux télé. Il flottait, Oulmène, à l'apogée de ses rêves ! Dans mes bras, Gilbert Perdrieux, cabot boursouflé qui avait tenu à venir malgré un accident de moto : "Il est des événements qu'on ne doit pas rater, quitte à souffrir", avait-il proclamé de manière théâtrale. "Mes hommages fascinés, chère Marguerite Villeneuve" – mais quand donc se déciderait-elle à sourire ? Ah, Taori Bellcamp, ton baiser léger immortalisé sur pellicule, que de jaloux je vais faire au bled, tous ces minables de premiers de la classe ! Il se pâma presque quand Pam Amberson lui fit un petit "Hello" en passant au bras d'un chroniqueur mondain qui fascinait Moumen Terfous.

"Ki dayra ?", "comment va ?" lui dit tout sourire le virevoltant Cheb Bradli, plus évaporé que jamais… Il y avait tant d'étoiles de première grandeur qui se croisaient, flirtaient, papotaient. Une galaxie de célébrités, de la comète à la supernova, tout le spectre du show-business était représenté. En guise de caution intellectuelle et d'ancien pauvre solidaire des sous-développés laïcs, l'ancien ministre de la Culture Franz Plack se tortillait, souriant de ses innombrables dents à René Chour, un vieil ami du pays, de ses dirigeants et des dictateurs tiers-mondistes en général.

Chour portait une invraisemblable tunique bariolée, d'un tel mauvais goût que Perdrieux l'interpella tout de go : "René, ta chemise me fait gerber !" Et, miracle, on entendit un grand éclat de rire de Marguerite Villeneuve, qui quitta, l'espace d'un moment et sans doute malgré elle, un air pincé, largement dû – mais ça, Oulmène ne le savait pas – à un lifting genevois pas très réussi.

C'était absolument splendide, la réception avait été organisée de main de maître par des professionnels de l'euphorie : les musiciens étaient excellents, l'ambiance jazzy, fuchsia, pastel, aérienne, toute de grâce et de raffinement. À point nommé, le grand, l'immense chanteur Clong joua les chefs d'orchestre et des duos s'improvisèrent. Quand Cheb Bradli chanta avec Angelo Boticelli, tout le monde fut ému aux larmes de cette émouvante rencontre des civilisations et des cultures… On servit un dîner royal arrosé de clos-vougeot, de Pétrus et de champagne rosé, on porta de nombreux toasts à la gloire d'Oulmène et de l'Algérie nouvelle.

Devant une nuée de micros, Oulmène annonça le lancement de sa télévision et d'une compagnie aérienne. Le bal fut ouvert par Gilbert Perdrieux, qui flattait sans plus de façons les fesses étiques d'un mannequin germanique décharné. La soirée était lancée. Oulmène, timidement, s'avança de quelques pas… Un sourire et Pam était dans ses bras, ils dansèrent longtemps sous les flashs des photographes accrédités. Il allait figurer en bonne place dans ces magazines qui le faisaient rêver. Il était au sommet, reconnu par ses pairs, il était le *tycoon* des temps modernes militarisés !

Dans les toilettes de marbre et de porphyre de la Villa Jarretelle, entre deux rails de poudre blanche, des enveloppes rebondies changeaient prestement de mains…

Épilogue provisoire

Aouichette ne revint pas chez Farouk Smendou, qui gouverna l'Omnium d'une main de fer pendant six mois. Un matin, sans prévenir personne, ni sa secrétaire ni son adjoint, il ne vint pas au bureau. Il s'absenta un jour, puis deux, puis trois... L'alerte fut donnée au bout du quatrième jour de silence. Smendou fut retrouvé chez lui, inanimé, à côté de trois bouteilles de whisky vides. L'appartement était dans un état épouvantable de désordre et de saleté, la cuisine grouillait de cafards. Infarctus, conclut le médecin légiste. La presse n'en parla même pas et le brillant gestionnaire n'eut même pas droit à un entrefilet dans les rubriques nécrologiques des journaux plus ou moins indépendants.

Moh Ch'hili, lui, disparut un jour sans laisser de traces, entre la mosquée et sa maison.

"Le groupe d'Abou Nihaya a été décimé dans une opération combinée des forces spéciales, apprend-on de sources généralement bien informées. On ne sait pas si l'émir Abou Nihaya faisait partie des terroristes liquidés. Les vérifications sont en cours..." Le journal "indépendant" ne précisait pas qui était cet émir, ni dans quelle région son maquis sévissait.

Abou Nihaya regardait la ville du haut de son promontoire. Il était entouré de trois hommes.

– *Mazel*... Pas encore, chers frères, pas encore, la partie n'est pas tout à fait finie... dit-il à voix basse. L'émir de la fin était entré dans le jeu en toute connaissance de cause, il avait franchi les limites et il était couvert du sang des coupables et des innocents. Il ne se battait plus que pour une seule cause: la sienne. Il avait assimilé les règles du jeu établies par ceux des terroristes qui disposent des moyens de l'État. Pour lui, l'ennemi était le temps, il fallait durer et faire pour cela ce qu'il savait : tuer. Alors, il tuerait d'abord pour son propre compte, ce qui signifiait qu'il devait aussi tuer au service de ceux qui prétendent défendre la République, pour les djihadistes habités par un rêve délirant. Bref, tuer et tuer encore à chaque fois qu'il y trouverait son compte.

L'émir Abou Nihaya des confins afghans était à présent et en toute conscience un réprouvé dans une guerre de réprouvés, un criminel parmi les criminels. Il avait hérité de la fortune de Moh Ch'hili et s'il avait plus d'indépendance que cette sordide crapule, il ne valait guère mieux, il le savait. Comme lui, Abou Nihaya s'était convaincu que "rien n'est vrai, tout est permis". La violence dans cette région lumineuse et funèbre n'accouche de rien sinon de la violence. Et il y aurait toujours des hommes pour accomplir la malédiction qui frappe les gens de ce pays. Alors donc, mouton ou bourreau, il fallait bien choisir. Abou Nihaya n'avait pas eu le choix, les circonstances avaient décidé pour lui. Il ferait avec.

Après un dernier regard vers la ville, l'émir et ses hommes se fondirent dans la nuit.

Couloirs infinis, tapis roulants interminables, pancartes publicitaires, une foule étrangement silencieuse. Un peu sonnée par le décalage horaire, totalement dépaysée, Zahida Nassimi ressentit pourtant un curieux sentiment de tranquillité dès ses premiers pas dans l'aéroport de Montréal. Elle fit la queue pour accomplir les formalités. Elle remit son passeport, le policier lui sourit : "Bienvenue au Canada, madame Oulmène." Elle sourit. Pour la première fois depuis des lustres, ce nom ne lui faisait pas mal. Elle y vit un signe, une promesse…

Oulmène, lui, ne comptait plus les milliards ni les avions. Il baignait dans la félicité et avec lui tous ceux qui rêvaient d'une Algérie positive et entreprenante. La *success story* était une ivresse permanente. La banque tournait à plein régime, les dépôts formaient une noria incessante, les cartes de crédit étaient distribuées à toute la nomenklatura… Les rapports des chancelleries étaient autant de panégyriques : "L'Algérie commence à tourner la page de la violence et de la bureaucratie pour entrer enfin résolument dans la modernité…" De nouvelles acquisitions, des investissements à un rythme inédit, tel était le quotidien auquel était invité le lecteur de la presse locale. Oulmène n'en pouvait plus d'inaugurer chaque semaine de nouvelles destinations desservies par sa compagnie aérienne.

Le docteur William V. Crabb Jr, président de la prestigieuse rencontre financière mondiale de Stratos, en Suisse, avait décerné à Oulmène Mokadem le prix de "premier manager de l'année". C'était là la reconnaissance ultime : le porte-parole du capitalisme triomphal et mondialisé reconnaissait dans le businessman algérien l'un des siens…

Une nouvelle page glorieuse était en cours d'écriture, là-bas, au pays de la malédiction.

Montréal, septembre 2005-septembre 2006

NOIRS

CHEZ LE MÊME ÉDITEUR

Fernando AMPUERO
Caramel vert

Giulio ANGIONI
L'Or sarde

Claude BATHANY
Last Exit to Brest

Lilian BATHELOT
Le Rire d'Olga

Jean-Baptiste BARONIAN
Le Vent du Nord
L'Été est une saison morte
L'Apocalypse blanche
Quatuor X

Maurizio BRAUCCI
La Mer détraquée

Andrea CAMILLERI
L'Opéra de Vigàta
Le Coup du cavalier
La disparition de Judas

Ottavio CAPPELLANI
Qui est Lou Sciortino ?

Gilles CARD
Art et pratique du chaos
Question de symétrie

Libera me
Nomad's land

Massimo CARLOTTO
Arrivederci amore
Le Maître des nœuds
Rien, plus rien au monde
L'Immense Obscurité de la mort

Hannelore CAYRE
Commis d'office
Toiles de maître

Pierre CHRISTIN
Petits crimes contre les humanités

Sandrone DAZIERI
Sandrone et Associé
Sandrone se soigne
Le Blues de Sandrone

Giancarlo DE CATALDO
Romanzo criminale

Jean-Paul DELFINO
L'Ile aux femmes
Tu touches pas à Marseille
De l'eau dans le grisou
Embrouilles au vélodrome

Gérard DELTEIL
Mort d'un satrape rouge
KZ, retour vers l'enfer

Pablo DE SANTIS
La Traduction
Le Théâtre de la mémoire

Ramón DÍAZ-ETEROVIC
Les 7 Fils de Simenon
La Mort se lève tôt
Les Yeux du cœur

Piergiorgio DI CARA
Ile noire
L'Ame à l'épaule

Ted ESCOTT
Opération Greenback
Money is Money

Jorge FRANCO
La Fille aux ciseaux

Santiago GAMBOA
Perdre est une question de méthode

Mempo GIARDINELLI
Le 10e Cercle
Luna caliente
Les Morts sont seuls

Laura GRIMALDI
Le Soupçon
La Peur
La Faute

Arnaldur INDRIDASON
La Cité des Jarres
La Femme en vert
La Voix

Mine G. KIRIKKANAT
La Malédiction de Constantin

John LANTIGUA
Le Meilleur des Havanes

Dick LOCHTE
Blue Bayou

Loriano MACCHIAVELLI
Les Souterrains de Bologne
Bologne ville à vendre

José Angel MAÑAS
Je suis un écrivain frustré

Nino MARINO
Le Rouge de Pompéi

Bruce MAYENCE
Les Guenons

Rosa MONTERO
Le Territoire des Barbares
La Fille du Cannibale

MONTERO GLEZ
Soif de champagne

Leonardo PADURA
Electre à la Havane
Mort d'un Chinois à la Havane
L'Automne à Cuba
Passé parfait
Vents de carême
Adios Hemingway
Les Brumes du passé

Zelda POPKIN
Le Cadeau du mort

Serge QUADRUPPANI
Y
La Forcenée
Corps défendant
La Nuit de la dinde
Au fond de l'œil du chat

Luis SEPÚLVEDA
Un nom de torero
Journal d'un tueur sentimental
Yacaré/Hot Line

Jean-Marie THIVEAUD
La Nuit des monstres

Grazia VERASANI
Quo vadis, baby?

Jacques VETTIER
Juge et partie
Nécroprocesseurs

Cet ouvrage a été composé par
Atlant'Communication
aux Sables-d'Olonne (Vendée)

Achevé d'imprimer sur les presses de

BUSSIÈRE
GROUPE CPI

à Saint-Amand-Montrond (Cher)
en décembre 2006

N° d'édition : 24129001. – N° d'impression : 064190/1.
Dépôt légal : février 2007.

Imprimé en France